ハヤカワ文庫JA

〈JA1261〉

棄種《きしゆ》たちの冬

つかいまこと

JN211210

早川書房

7908

棄《き》種《しゅ》たちの冬

プロローグ

ふゆがくるの？
小さなきょうだいたちの、だれかがそう聞いた。
そうだよ。
ぼくはいちばん年上らしく、落ち着いて聞こえるように答えた。

また？
小さなきょうだいの、泣きそうな声。
つられてしまいそうになるから、そんな声は好きじゃない。
黙っていると、今度はシューンが答えた。
そう、また。
またふゆがくるんだ。

シューンはぼくより一つ下で、弓が得意な子供だ。
小さなきょうだいの扱いもうまい。

ふゆなんて、前にもきたじゃない。
もう、こないといいのに。
口々にいう声に、シューンは笑って返す。

そんなわけにはいかないよ。
ふゆがこないと、はるもこないからね。

いやだ、はるだけがいい。
まだ文句をいうその声をたよりに、ぼくは手を伸ばす。
そうして、そのきょうだいをぎゅっと抱く。

夜は冷えるよ、みんなもっと集まって。
暗がりに、きょうだいたちが押し合って、寄り合う。
建物には壁も屋根もある。

今夜はきょうだいたちの体温だけで、暖かくすごせるだろう。

けれども明日は?
その次は?
今度の冬が、二度と明けない最後の冬だとしたら?
ぼくはぶるっとふるえる。
さっきシューンは、冬の後に春が来るといった。
けれども、本当にそうなのかは、だれにもわからない。

ずっとずっと昔には、きのこよりもたくさんの人がいたらしい。
母たちから、そう聞いたことがあった。
だんだん冬が大きくなって、長くなって、人は皆死んでしまった。
だから今、人は少ししかいない。

いつかこの世界には、永遠の冬が来る。
いくらカニを獲って蓄えても、その冬を越すことはできない。
人も、カニも、ネズミもぜんぶ、その冬で死んでしまう。

そう伝えられていた。

だからぼくたちは、これが最後の冬じゃないと願って。
できるだけ蓄えて。
冬に向かってできるのは、それだけしかない。

ねえ、お話をしてよ。
だれかがいった。
そうだな。
シューンが答えた。

かあさんの話がいい。
小さなきょうだいが口をそろえた。

わかった。
ぼくはいう。
ぼくは、母たちの話をはじめる。

第一章　菌《くさ》　叢《むら》

1

菌叢《くさむら》は海のようだという。

正確には知らない。サエは、海を見たことがない。

海というのは、たくさんの水が、水だけがある場所らしい。そうして、水の中に暮らすものと、陸の上で暮らすものとは、きっぱりと分けられている。海の生き物は陸では生きられないし、陸の生き物がずっと海にいることもできない。

菌叢も、だいたいそんなふうだ。

むすうの菌《きのこ》に覆われた菌叢は、他から隔てられた世界だった。海と陸みたいに、そのふたつはぜんぜん違っていた。菌叢の外で暮らすものは、その中で長くは生きられない。そんな場所だった。

かつて人は、海に潜って食べるものを獲ったという。その意味でも菌叢は、海に似ているのかもしれない。サエは、菌叢の海に潜る。けれどもひとまず、海についてサエが考えることはあまりない。

菌叢のほとりで生きるために、何より知っておかなければいけないのは、そこが危険だということだった。何百種類あるのかわからないほどたくさんある菌のほとんどは毒があって食べられなかったし、胞子をむやみに吸うと病気になった。対処を間違うと酷い目に遭う生き物もたくさんいる。菌叢の海は、人が生きるのに適した場所ではなかった。

ばさり。

草をかき分けて、サエは菌叢の〝水面〟に顔を出す。フードの下で、切れ長の目を鋭く細めて、辺りを見渡す。そうして方向を見定めると、がさり。また草の下に潜った。

菌叢は、いろんな丈の草、藪《やぶ》。がれきだったり、ぬかるんだりする地面。そして、ありとあらゆる隙間に生えた菌でできていた。遠目には何もかもが好き勝手に茂ってみえる。けれど、潜ってみる景色は違った。そこには何か、きまりのようなものがあった。

日当たりとか、地面の様子とか、風とか。菌叢の生き物が食べたり、通ったりするところ。そんなのが組み合わさって、菌叢は迷路のようになっている。さっきからサエが辿っているのは、そんな路《みち》だった。

ぽきゅ。

四つん這いの手が、軽く柔らかいものを踏みつける。

「あ」

触れただけで皮膚がただれるニクグサレみたいな、物騒な菌はこの辺りにはない。そのはずだった。サエはおそるおそる手をのける。手袋《ミトン》の下で、見た目も手触りも土の塊そっくりな菌が崩れている。

聖霊《ノーム》のきのこ。菌叢でいちばんありふれていて、どこにでも生えている。悪い聖霊を宿すきのこだといわれていて、もちろん食べられない。充分に気をつけていても、この菌を踏まずに菌叢を歩くのは、簡単ではなかった。

崩れて欠けた聖霊のきのこの断面が、ひいやりと青く光を放つ。サエは光から目をそらして、慌てて口の中でまじないを唱える。

「たくまざるなり、たくまざるなり」

わざと触ったわけじゃないから許してください。そんなふうな意味だった。まじないを唱えておかないと、聖霊が悪さをするといわれていた。

目に見えない聖霊のことを、実のところあまり気にしてはいない。いたとしても捕まえにくそうで、とても食べられそうにないノームのことを考えているよりは、カニの足跡でも探しているほうがいい。それでさっきからサエは、ずっとそうして、どうにかそれを見つけたと感じていた。

踏まれて折れた草。欠けたきのこ。カニの尖った爪足が、土に点々と穿った穴。サエが辿ってきたのは、カニの通った獣道で間違いなかった。

「ふう」

体を起こして、サエは静かに息をつく。菌叢の空気は、体によくない。吸い込むと胸の中で育つハイイロヤドリは、もっと〝沖〟にしかないはずで、岸から沖に向いた夕暮れ前の風が胞子を吹き払ってくれている。けれども、だからといって深呼吸する気にはなれない。顔の下半分を覆った布《マフ》の下の静かな呼吸は、菌叢で生きる者が身につける習性だった。

手にした鉄パイプを杖《つえ》のようについて、サエは立ち上がる。

「んー」

ついでに伸びをひとつして、こわばった背中をほぐす。この辺りの草はサエの膝ぐらいで、だんだんとまばらになっていた。もう這わなくても路がわかる。サエは岸へと続く痕跡を辿る。

ざりざりと、革を重ねたブーツが砂利を踏む。草が薄れるのと入れ替わりに、砂利やがれきが増えてきていた。ガレ場では、カニの足跡は見つけづらい。石くれだらけの地面を視線が何度か行き来して、やがて、さび色をした目が一点で止まる。がれきの隙間で、キワタケがひしゃげていた。

白い泡のようなキワタケは脆《もろ》いきのこで、地面から顔を出して一日ほどで溶けてしまう。毒はないけれど、食べてもたしにならないので、これをエサにする動物はいない。石の割れ目でつぶれているのは、上から押さえつけられた踏み跡だった。

サエは、つぶれたキワタケの傍らにしゃがんで、足跡を調べる。それから、カニの目になったつもりで、手近のがれきを見た。

「あたしがカニなら……、あそこに隠れたいと思う、かな」

昨日の夜は満月だった。夜行性のカニにとっては明るくて、落ち着かなかっただろう。うずたかく積み重なったがれきの影は、魅力的に映ったはずだ。

サエはカニの姿を思い描く。月の光をあびて、きのこの海から、見通しのいい〝岸辺〟に、身を低くして這ってくる甲殻動物。ぼんやりと輪郭をみせるごつごつの甲羅。突き出た口のトゲと触角が、夜の空気をはかるようにうごめく。エサを切り刻んで口に運ぶためのハサミのついた前脚を器用に使って、何の表情もない目をつるりとなでる。

やがてその目は、手近な物陰を捉える。六本の爪足が滑らかに交互して、がれきの地面をかちかちと踏みしめる。

「ここでキワタケを踏んづけて……」

くしゃり。かぎ爪の足が、白い泡のようなきのこをつぶすところをイメージする。

「それから……」

サエは、六本の足が踏んだステップを頭の中で再現する。そうしながら眺めていると、見えていなかったものが見えてくる。傾いた石くれ。砂埃のこすれた跡。土にあいた穴。また別の、踏みつけられたキワタケ。脈絡なく散らばったがれきの上のパターン。サエはそれを見つけた。

ただ、確実にそうなのかといわれると、自信がゆらぐ。このところ猟は何度も空振りに終わって、ひもじい日が続いていた。キワタケをつぶしたのは強い風かもしれない。獣道と、がれきの上のパターンと思っているものは、何も関係ないかもしれない。サエは単に、そうだったらいいと思うものを見ている可能性もあった。

なにしろこの季節は、獲物が少ない。今の自分の読みを信じるかどうかは、賭けみたいなものだ。そして、もうすぐ日が陰る。別の跡を探しているだけの時間はない。サエは読みに従うことにする。

風が吹いて、サエはマントの首もとをかき寄せる。じっとしていたら、体が冷えてしまった。ぶるっと身震いして、獲物の痕跡に注意を戻す。読みを信じれば、カニはここから斜面になった岸を上がって、市街《まち》に向かったと考えていい。

崩れずに残っている建物がたくさんある市街地で、カニはネズミや小動物を捕まえてエサにする。時には、不注意な狩猟者たちも餌食になる。市街は、人間たちとカニたちの、両方にとっての狩り場だった。

市街に上がったカニは、そのまま居着く場合もあったけれど、大概は二、三日で菌叢の沖に戻る。行きと帰りで同じルートを使うことが多いので、そこを待ち伏せるのがセオリーだった。

市街に目をやると、建物の残骸が土手になっている中に、切れ間がある。たぶん、そこから通りが市街の奥に延びているのだろう。通りの両側には、ちらほらと崩れずに建っている建物も見えた。

「あの建物のどれかで、待ち伏せできそうだな……」

よし、とサエはうなずく。もう一度、確かめるように菌叢に向き直る。

低くなった太陽の光をさらさらと跳ね返して、風に吹かれた草の波が、なだらかにいくつも続いている。綿毛のような草の実と、それからたぶん菌の胞子が、しぶきのようにその上を漂う。崩れ残って苔やきのこに覆われた建物が、遠く近くに点々と突き出ている。

地平線の辺りを、オオツノウシの群れが進んでいる。草の上を歩いているように見える脚は、実のところカニと同じように細く長くて、半分以上の長さが草の下にある。

この景色がどこか海らしいのか、サエにはわからない。

それから、サエは市街を振り返る。本当のところ〝市街〟というのがどんな場所を指して使われていた言葉なのか、そのこともサエは知らない。もともとは、人がたくさん住んでいる場所という意味だったらしい。昔はきのこより人間のほうが多かったのだ。

大勢の人についてサエが考えることも、あまりない。サエにとって市街は、猟の場所で、ねぐらを探す場所で、探索の場所だった。市街について考えておかなければいけないのは、どこで水が確保できるかとか、どんな種類の壁が崩れにくいかとか、そういったことだった。物陰に潜んだカニに不意を突かれないよう用心するとか、夜の間にネズミに襲われない場所で眠ることだった。

むすうの菌に覆われた菌叢と、たくさんの人がいなくなった市街。その間にサエは立っている。ここがサエの生きる場所だった。サエたちの世界だった。

2

「サーエー」

名前を呼ぶ声に、サエは視線をめぐらせる。さっき待ち伏せの場所にと目星をつけた建物の上に、小さな人影があった。人影は大きく両手を振って、それからまた呼んだ。

「サーエー、だーいじょーうぶー？」

返事のために大声を出すには、マフを外して大きく息をしないといけない。菌叢《くさむら》の近くでそれは避けたかった。サエは片手を伸ばして、頭の真上で丸を描くように振ってみせる。

予《あらかじ》め取り決めてある、「問題ない」の合図。それは通じて、人影は大きく何度もうなずいてから、片手をまっすぐに上げる。「了解した」の合図。

確認して、サエが手を下ろす。カニになったつもりで、がれきの上の痕跡を探しながら、建物に向かう。

「サエ、ぼうっと立ってるから、ノームに魂を引っ張られたかと思ったよ」

通りをしばらく行くと、声が上からふってきた。見上げるついでにサエはマフを外して、マントのフードを背中にはねのける。四角い建物の三階、枠だけになった窓の跡からのぞいている顔に声をかける。

「シロ、その建物は使えそう？」

まあね、といいながら顔がひっこむ。小走りの足音が建物を降りてきて、次は二階の窓から、得意げに笑った顔がのぞく。

「屋上も二階も、床はまあまあ頑丈。こっち側の窓からは通りが見えるし、獲物がここを通るんだったら二階で見張れるよ」

汚れた灰色をした、コンクリートの外観を、サエは見定める。半ばツタが覆っているし、地面の辺りは苔むしているけれど、外壁に大きな崩れは見当たらなかった。傾きもない。シロのいうように床にも問題がないのであれば、状態のいい部類だ。ぐしぐしと枯れ草みたいな短い髪を手でとかしながら、サエはひとりうなずく。

パタパタと足音をさせて、シロが建物から出てくる。サエと同じ、フード付きのマントと、ゆったりしたズボン。菌叢の近くでは、男も女もほとんど同じような格好になる。ズボンのウエストを紐で絞っているぶん、サエに比べるとシロのほうが、丸っこくて女の子らしかった。

シロの、春先の空みたいな目がサエを見て微笑む。

「おかえり、お姉ちゃん」

「ただいま」

サエも、つられて笑いながら返す。

「カニの足跡、みつけたんでしょ?」

質問と一緒に近づいてくるシロに、サエは痕跡のことを話す。

「うまくいくと、いいよね」

今日こそは、という言葉をシロは飲み込んだみたいだった。獲物のない日が続くともちろんお腹が空くし、それ以上に不安になる。食料の蓄えのないまま冬を迎えるとどうなるのか、知らないわけでもない。けれどもその心配を、二人はわざわざ口にしたりしなかった。グチをいったところで、お腹がふくれるわけじゃない。猟がうまくいかないことを、誰のせいにもできない。

「でもシロ、離れてこっち側を歩いてたのに、どうしてあたしがカニの跡を見つけたってわかったの？」

サエが菌叢の草を分けて獲物を探す間、シロは二人分の荷物を運んで市街側をついてきていた。菌叢に近づく者を身軽にするための、一緒に行動する者たちが皆して毒の危険にさらされないための役割分担。大声を上げて声が通るかどうかの距離があったのに、どうしてわかったのか不思議だった。

「わかるよ、そりゃ」

シロが得意げに目を細める。

「だってサエ、カニの跡を見つけたら、カニになるもん」

「カニ、に？」

サエが聞き返すと、シロは両手を体の横に広げてみせる。

「そう、カニ。こんなふうに」

肘を曲げて下に向けた腕の先を、シロが交互に動かす。そうしながら、のしのしと歩き回った。

「ええ？　してた、かな……」

サエはシロの動きをまねる。

二人して、しばらくの間がにがにと歩き回っていると、サエが何かに思い至る。

「あっ。してたかも」

カニの足運びを想像していたとき。サエの動きはカニの歩き方をまねしているように見えたかもしれない。

「そう。だから、サエがカニ歩きするのが見えたら……、やったー、カニ食べられるかもって思うんだ」

そばかすの浮いた頰にえくぼを作ったシロの笑顔に、サエの胸がちくりとする。ここ数回は、期待させて空振りだった。

自分の狩りの腕が悪いとは思わない。痕跡を見つけるのも、走って追いかけるのも、武器で仕留めるのも、並の男には引けを取らなかった。けれども、獲物の少ない時期に、微かな跡を確実に読むには、場数が足りない。そう感じることはあった。

カニの身は、筋だらけのネズミの干し肉なんかとは比べものにならない。どう料理してもおいしいし、力になる。最後に食べたのがずいぶん前なことを思い出して、サエの空っぽのお腹がしくしくしくしてきた。ここで獲れなかったら、明日からしばらく苔ぐらいしか食べるものがない。

「……たのしみだねえ」

シロが、サエの手を取る。

「獲れたら、いっぱい食べようね」

ね、と小首をかしげてみせる。太陽の色をしたゆるく束ねた髪が、ところどころほつれてふわふわと夕映えを照り返している。

「うん」

約束するときみたいに、ぎゅっとつないだ手に力を入れた。そのまま二人並んで建物に向かって歩く。そうして、入口まで来て、ふとサエは何かに気づいた。

「？」

細かなコンクリートの破片が、ぱらぱらと降ってきていた。はっとしてシロの手を引いて、一緒に後ろに飛び退く。

がづん。直後にコンクリートの塊が地面を打った。

「わあっ」

「うわっ」

驚いて尻餅をついたシロと、もうひとつ別の悲鳴が同時にあがる。サエは声を追って目を上にやる。困ったような、惚けたような表情の少年が、屋上の端から身を乗り出した姿勢で固まっている。

「ショータ！」

地面で崩れた一抱えほどもある破片を飛び越えて、サエは建物に駆け込む。薄暗い建物の中で、目が慣れるのを待たない。うっそりと苔むした廊下を走る。見当をつけたとおりの場所にあった階段を、サエは駆け上がる。

今は屋上になっている三階。もとは屋根か、上の階だったがれきが山をなしている。サエは端っこでうつぶせになっているショータをすぐに見つける。

「ショータ、そのままにしてろ……」

一歩一歩、床の様子を確かめて、体重をかけないように体を伸ばす。ショータの足首をつかんで、ゆっくり引き寄せる。

後からやって来たシロも手伝って、崩れる心配のなさそうな辺りまでショータを引きずって、一息ついた。

どんな顔をすればいいのかわからないといった様子で、やせぎすの少年のきょとんとした目が、サエに向けられる。

「ごめんね。わたしがショータにここで見張ってるようにいったんだけど……」

シロの申し訳なさそうな声に、ショータが重ねる。

「サエとシロの話し声が聞こえたから、様子を見ようと思って……」

一見して崩れそうにないから、勢いよく壁に手をつくでもしたのだろう。サエは息をひとつ吐く。それから。

ばちん。

ショータの頬を平手ではたいた。

「シロとあたしを、殺すところだったんだよ。ショータ」

　ショータが口をむすんで、こくりとうなずく。

「壁は崩れる、床は抜ける、物陰には危険な何かがいる。その前提で動くの、わかった？」

　ショータはもう一度うなずく。大変なことになるところだったと今にして思ったのか、大きな黒い目が涙ぐんでいる。

「わかった。ごめんなさい、サエ」

　菌叢でも市街でも、ちょっとした不注意はすぐに命の危険に結びつく。意外でも何でもなく、人はあっさりと死ぬ。少しのケガでも、満足に動けなくなったら、助からない。

　特に、群れ《クラン》から外れたサエたちのような子供が明日を生き延びられるかどうかは、ほとんど運任せみたいなものだった。何より注意深くなければ、運もつかめない。

　サエもシロも、だから、息の仕方が癖になるほど、注意深さが身に染みついている。それに比べて、ショータには、ぎこちないところがあった。たぶん年齢は、サエたちより少し下で、冬を十回越えたかどうかだろう。その年齢まで、どうやって死なずにきたのか、不思議に思えることもあるぐらいだった。

　ショータを拾ってから、月が三度巡っている。

二人がクランを抜けてしばらく後の、春の中頃だった。菌叢の、胸まで草のある深い辺りを、マントもマフもなしでふらついている子供を、シロが見つけた。

聖霊《ノーム》に引っ張られたのだろうとサエは思った。胞子を吸ったのか、光を見つめすぎたのか、間違ったきのこを食べてしまったのか。原因は正確にわかっていないけれど、菌叢は人を惑わせる。聖霊に引っ張られた場合、菌叢の奥でそのまま死んでしまうのがほとんどだった。

放っておこうとサエはいった。助けられるとは思わなかったし、自分たちだけで生きていくので精一杯だった。面倒にはなるべく関わらないのも、菌叢の知恵だ。

けれどもシロが、当たり前のように菌叢に飛び込んでいった。こともなげに深い草をかき分けて追いつくと、すんなりと菌叢から連れ出してきた。その姿を見てサエは驚いた。

マントどころか、靴もズボンもなく、完全に裸だったのだ。

もっと驚いたのは、そんな状態でいながら、その男の子が少しも混乱しているように見えないことだった。どことなくぎこちなかったけれど、男の子は落ち着いていた。サエとシロを初めて見る生き物のような目で見て、丁寧に助けてもらったお礼をいった。その言葉には、どこのものかわからない訛《なま》りがあった。どこから来たのかというシロの問いには、まっすぐ菌叢の沖合を指さした。

どのクランに属しているのかとか、菌叢で何をしていたのかとか、そういった質問には、はっきりした答えがなかった。とにかく、迷っていたのだといった。名前を聞くと、少し考えてから首を振ったので、その場でシロがちび《ショータ》と呼んだ。そのうちに、それが名前になった。

「だって、ちびだったもんね。裸でちびの、変な子。聖霊の子供かと思ったよ」

建物の二階で、寝床の準備をするシロが当時を思い返していう。三人の中でショータがいちばん小さくてやせっぽちなのは、そのとおりだった。ちゃんと服を着て、出会ったときはぼさぼさだった髪を適当に切った今は、見た目にそれほど変なところはない。

ショータに普通と違うところがあるとすれば、あまり感情を表に出さないというのがあった。かと思うと変なところではしゃいだり、さっきみたいに、常識はずれの危ないことをしてみたり。

何となくショータには、自分の感じていることと、上手につきあえないところがあるようだった。

ただ、それは、酷い目に遭うことのほうが多い菌叢の子供には仕方がないことかもしれない。サエにしても、自分が何をどう感じればいいのかわからないことはしょっちゅうあった。目の前のことをしないと生きられないから、いつもはそういうのを忘れているだけだ。

「寝るとこできたよ、見張りは？」

準備のできたベッドにさっそく座って、シロがいった。

建物の、砂の浮いたコンクリートの床に乾いた枯葉や小枝を敷いたベッドには、とっておきのオオツノウシの毛皮も広げてある。秋も深まりつつある今、夜は寒くなる。

少し離れて、サエは窓に取りついている。大通りに目を向けたまま、半分だけ振り返って応える。

「最初はあたしが見てる。月がこの辺まで傾いたら、ショータを起こして代わるよ」

窓の外の、満月に近い月をサエは指さして、腕の動きでだいたいの時間を示してみせる。

「で、その次がわたしだね」

シロが手を挙げる。

「うん。ショータ、紐は？」

ショータはベッドの上で、手首にゆるく結んだ紐を掲げてみせる。時間が来たら、見張りが紐を引いて交代を知らせる仕組みだった。

「結んだよ」

「うん、じゃあ寝よう。おやすみ、サエ」

いって、シロがショータを抱えるようにしてベッドに倒れ込む。ショータは紐をつんつんと引いて、合図がちゃんと伝わるのを確かめる。

「おやすみ、サエ」

サエも紐を引き返す。「了解、おやすみ」の合図。

窓の外、通りに目をこらすサエの背後で、しばらくごそごそと寝返りを打つ気配がする。今日の昼間に、とうとう最後の一匹になったネズミの干し肉を分け合って、それからは水を飲んだだけだった。お腹が空いて、なかなか寝つけないのだ。けれどもやがて、二人とも諦めたみたいにおとなしくなる。そうして寒々しいコンクリートの部屋は、市街《まち》は、すっかり静かになった。

「はう」

長く息をつくと、月明かりの下で微かに白い。真冬のように、火を焚き続けないと耐えられない寒さではないけれど、空腹の身にはやさしくない。サエはマントの中に細い手足を抱え込む。じっと見ている通りには、何の気配もない。

サエは菌叢のほとりで見つけた足跡を思い出す。間隔から見積もった感じだと、一抱えほどの大きさのカニのはずで、だったら十日ぶんぐらいの肉がとれる。備えが底をついた今、どうあっても捕まえたい獲物だった。

サエの手はいつの間にか、腰の後ろに差したナイフの柄を握っている。確かな手触りが、サエを落ち着かせる。いくら飢えていても、焦っていいことなんて何もない。狩人に必要なのは、いつだって平静さと粘り強さだ。

月が傾いて、窓から斜めに青白い光が差す。サエは目を暗さに慣れさせておくために、フードを深くかぶり直す。光の先にちらりと目をやると、重なったスプーンみたいになって眠っている二人が見える。サエはショータのことを少し考える。ショータが昔のことを話さないのは、もしかしたら黒の一統《クラン》にいたからかもしれないと思う。

黒の一統。恐ろしい、もつれ手の男と呼ばれる長に率いられた、屈強な男たち。奴らは、他の群れ《クラン》を襲う。襲って狩り集めた人たちを奴隷兵にして、また次を狙う。

奴隷兵にしていちばん言うことを聞かせやすいのは、子供だ。黒の一統は、子供たちを使って、ろくな装備も与えないで危険な菌叢で獲物を追わせる。先駆けにして、他のクランの狩猟隊や交易隊を襲わせる。子供の奴隷兵は、消耗品だ。

そうやって手ひどく扱われていたのだと考えると、ショータの表情とか、行いがぎこちないのも納得できる。ろくに何も教わらないまま、菌叢の中を走り回らされていたのだ。そして、毒にやられておかしくなって、さ迷っていた。

たぶんだけれど、そんなところじゃないかとサエは考える。

「……わうふ」

あくびが出た。寒くて眠くてお腹が空きすぎて、集中力がなくなってきていた。交代の頃合いだと、サエは紐を引く。くいくい。

三回目で応答があった。教えたとおりに黙って、静かに、ショータが窓際にやって来る。

サエは座る場所を譲ると、後ろからショータの背中にくっついて顔を寄せる。

「ここに座って、あっち側を見張ること」

「うん」

小さな声のやりとり。

「カニはあそこの影のところを進んできて……」

サエが手を伸ばして、窓の外の通りの一角を指す。崩れた建物の残骸が山になって影を作っている。

「見える？　あそこの影の途切れたところから、こっちの影に向かって走ってくる……、と思う」

サエの説明に、ショータがうなずきを返す。

「足音がしたら、起こせばいい？」

サエは目を細めて微笑む。自分の役割を、ちゃんとわかっている質問だった。

「そう。聞こえた、と思ったら起こしていいよ」

応えながらショータのフードをかぶせてやる。

「わかった」

ショータがサエの目を見てうなずく。すぐに顔を正面に向け直すと、さっき示された影の辺りにじっと目をこらす。ぽんとひとつ、サエはショータの頭をたたく。「頼んだよ」

の合図。そしてそっと、窓際から離れる。

ベッドの脇で振り返ると、月明かりに照らされたショータが、同じ姿勢のまま動かない。安心して、サエはシロの隣にもぐり込んだ。

「んあ?」

動きを感じて、シロがむにゃむにゃいう。なんでもないよ。そう伝えるために、サエはシロの体に腕を回す。そっと背中に手を触れる。

「んふふ」

眠ったまま、シロが笑う。サエも少し笑って、目を閉じる。暖かい闇の中にいる。シロの安らかな呼吸と、心臓の音がする。それから、二人のどちらかのお腹がきゅるりという。シロのにおいがする。サエは、シロのたてる音と、シロのにおいとがとても好きだと思う。温かな毛皮が寒い空気から守ってくれている中で、シロを感じているのが好きだと思う。ひもじくて疲れてつらいときも、そうしていると安らいだ。シロも同じならいいと思っていた。

そうやって、暖かい闇の中でシロとくっついていると、時々サエは悲しくないのに泣きたいような気持ちになった。その気持ちに、何か名前があるのか、サエは知らない。泣きたくて、胸が苦しくなって、そうしてサエはシロを、いもうとを、ぎゅっと抱いて眠るのだった。

もしかすると、ずっと昔に、母親に抱かれて眠るときに、同じような気持ちになっていたのかもしれない。サエはけれど、そのことをちゃんと思い出せない。

サエの母親は、早くにいなくなってしまった。シロの母親も同じように、いつの間にかいなくなった。サエとシロは別の母親から生まれた。父親は、同じクランの誰かだ。

ほとんどのクランではそんなふうで、生まれた子供はクランの子で、クランのきょうだいとして育てられる。二人はクランを抜け出したけれど、シロはずっとサエのいもうとだ。

ここしばらくは、そこにショータが加わった。ショータもきょうだいだとサエは思う。

三人でくっついて寝るのも、サエは好きだった。獲物が獲れて、蓄えがいっぱいあって、そうして三人で暖かくして眠って冬を越せればいいとサエは考える。

3

ぱっと目が開いた。

サエは、自分を起こしたのが何なのか、最初はわからない。見ると、同じように目が覚めたばかりのシロの顔がすぐ前にある。お互いに何かいいかけて、黙る。シロの手首の紐が引かれていた。二人して静かに毛皮をはねのける。窓辺に近づく前から、サエは何となく外の気配に妙なものを感じる。

「見て……！」

ショータが興奮を押し殺してささやく。窓の下をそっとのぞき込んで、サエとシロが同時に息をのむ。

「……！」

建物の下の地面がうごめいていた。菌叢《くさむら》から市街《まち》の奥に向けてつながった通りを、カニが埋めている。見える限り端から端まで、たぶん数十頭のカニの群れ。明け方前の暗がりにぼんやりと、ひしめく角張った甲羅のシルエットが連なる。カニたちは、市街の奥に向けてゆっくりと進んでゆく。

「……渡りだ」

サエがつぶやく。

市街は、まわりをぐるりと菌叢に囲まれているのだといわれている。だから市街をずっと進むと、反対側の菌叢に突き当たる。カニは時々群れを作って、市街を渡って、菌叢の別の場所を目指す。カニの渡りと呼ばれる群れの移動。それが眼の下にあった。夕方にサエの見つけた跡は、この群れの先駆けだったのかもしれない。

「どうする？　獲れるかな？」

弓の準備をしながらシロがささやく。大きなカニ相手だと、鉄の鏃《やじり》を使っても、堅い甲羅は抜けない。下りていって、柔らかい腹側の弱点を狙うかどうか。シロはそれを訊ねていた。

クランでの狩猟隊みたいに、銛《もり》打ちやカラメ網の準備があれば、カニの群れでも相手にできる。いま手元にあるのはサエの鉄パイプと、シロの弓だけだった。二人で群れのまっただ中に近づくのは、無謀すぎる。

「追いちぎりで、やってみようか……」

サエは考えを口にしてみる。群れから最後尾を引き離して、一頭ずつ仕留める猟のやり方だった。

「群れの最後のやつが下を通りかかるまで待って、何かで気を引いて足を止める。シロは下から、狙えそうになったら射って」

その後は、成り行きだった。乱暴な、計画ともいえない計画だけれど、今のサエたちには他に手がない。複数のカニに囲まれてしまったら、こちらが餌食になる。それでも、危険よりも、食べものを手に入れたい気持ちが強かった。

ショータが所在なげにサエを見上げる。手伝ってもらおうにも、ショータの武器はカンバの木を適当な長さに切った棒しかない。

「ショータは……、石を投げて、いちばん後ろのやつの気をそらす。それから、ここで様子を見る」

サエが小さくいう。経験的に、カニはあまり耳がよくない。どちらかというと、周囲の振動を感じているんだろうとサエは思っている。とはいえ、群れがすぐそばを通っている状況では、どうしてもひそひそ声になった。

「わかった」

ショータが唇の動きだけで返して、そっと窓際を離れた。床に転がったコンクリートの破片から、手頃なものを選んで集める。サエとシロは、静かに窓の下をうかがう。

こんな大きなカニたちが群れているのを見たのは、初めてだった。いちばん大きなやつは、脚を伸ばせば、二階の窓に届くぐらいかもしれない。そのサイズになると、手持ちの装備では歯が立たない。触れそうなほど近くを、巨大な甲羅が通り過ぎるのを、サエたちは息を殺して見送った。

カニたちが甲羅をぶつけ合って、爪足で地面を踏むかちかち、かさかさいう音が窓の下を通り過ぎる。そして、最後尾の一頭が視界に入ってきた。

「大きい……」

思わずシロがもらす。弓は上からでは無理だと首を振る。

角張った甲羅にごつごつのトゲが発達した、いいサイズのカニだった。これまでにサエが仕留めた最大のものに近い。ぎゅっとサエは武器の鉄パイプを握り直す。

ショータはコンクリート片を握った手を、ゆっくり振りかぶる。

「今だ」

サエの合図で、投げた。

かっ。

放物線を描いた欠片が、ほんのわずか、甲羅をかすめて飛んだ。ぴく、と胴を沈めて、カニが足を止める。うまい。サエはショータに親指を立ててみせる。シロが下から回り込むために、階段に走る。

サエも行きかけたとき、目標のカニがまた歩き始める。すかさずショータが次の石を投げた。

かつん。

甲羅に当たった石は、今度はカニの足を止めない。驚いたようにその場で跳ねた後、カニは足を速めた。

「まずい」

サエが窓辺に駆け戻る。カニの甲羅は、すぐ下まできていた。ここで止めないと、逃げられる。そう思った瞬間、サエは窓の外に飛び出していた。

空中で鉄パイプを両手に構え直して、無言の気合いと共に振り下ろす。

ごあん。

弱い部分を狙う余裕はなかった。パイプの先が、分厚いカニの〝頭〟で跳ね返される。

けれども、ともかく、獲物の足は止まる。

「……っ」

打撃の反動と落ちる勢いとで釣り合いを取って、サエはカニの前に着地する。ちらと背後を確認すると、群れは遠ざかっていった。

いける。

サエは、棒立ちになっている獲物の懐《ふところ》に踏み込む。パイプを構えて体ごと伸び上がって、口を狙う。触角と、尖った顎に囲まれた口はカニのいちばん弱いところで、深く刺せば一撃で仕留められる。自分の頭より高い位置にあるそこを、サエは正確に突いた。

けれど、浅い。

六本の足を突っ張ってのけぞるように、カニは一撃をかわす。次の瞬間、体ごとのしかかるように、踏みに来る。

ぴゅっと鋭い音がサエの顔の横をかすめる。振り下ろされた爪足の一本が、ぎりぎりで避けたサエのマントを引っかける。すごい力で引き倒された。

「ぐっ！」

どうにか背中を丸めたけれど、相当に激しく地面に叩きつけられる。体から空気が押し出されて、それと一緒に力が抜ける。痛がっているひまはない。カニの、まったく表情のない目がサエを見る。はさみのある前脚が、きゅっと持ち上がって、突きがきた。

がつ。

首をひねってかわした頭の後ろで、爪が地面に食い込む。サエは鉄パイプを両手に握り直して、力いっぱい突き上げる。それはどうにか斜めに立って、カニと地面の間でつっかい棒になった。

めきょ。

カニがもう片方のはさみを振り上げて、突き出す。

立てたパイプが音をたててカニの腹部に食い込む。振り下ろしたはさみは、サエの顔にほんのわずか届かずに空を切る。自身の重みが、カニの腹の傷を深くえぐる。

「サエっ」

シロが走り込んでくる。カニの真正面で膝をつく一連の動作で弓を引き絞る。低い位置から、口を狙って、射込んだ。

「……！」

発生器官のないカニが、音のない悲鳴を上げたのをサエは感じる。飛び退いたカニのその口から、矢羽根がはみ出している。

いったん後ろにさがったカニは、次に猛然と走り出す。サエは横ざまに転がって、鋭い爪足の突進をどうにか避けた。

足音が遠ざかるのを聞きながら、サエはしばらく動けない。冷たい地面に仰向けになって、明け始めた空をぼうっと見上げる。長いため息を吐いて、自分が震えていることに気がついた。

「ごめん、外した……」

じゃりじゃりとブーツが砂を踏んで近づいてきた。首を持ち上げて見ると、シロが悔しそうに顔をしかめている。

「近寄って狙ったつもりだったんだけど……」

カニの口に射《う》ち込んだ矢が、奥にある急所からわずかに逸れたことを謝る。力の入らない体に苦労しながら半身を起こして、サエは首を振る。それでいうなら、サエも最初の一撃を外した。生き物相手の猟は、ちょっとした狙いのずれや、一瞬の遅れで結果が違ってくる。獲物だってみすみす死にたいと思っているわけではないので、当然のことだった。

「サエ、傷が……」

シロが心配そうに手を伸ばした首の横に、サエは不意に痛みを感じる。おそるおそる探ってみると、指先がぬるりとした。血だ。避けたと思ったカニのはさみが、耳の下をかすめていたのだ。

傷はそれほど深くなくて、血は、ほとんど止まりかけていた。よかったと安堵しかけて、また震えがくる。ほんの少し避けるのが遅れたら、狩られるのは自分のほうだった。狩る側と狩られる側は、いつだって簡単に入れ替わる。

シロが気遣わしげな顔で見ている。だいじょうぶと手を振って、サエは立ち上がる。あちこちが痛いし、体の力をぜんぶ使い切ってしまったような気分だった。

獲物の走り去った跡を調べると、思ったとおり、点々と濡れている。サエの鉄パイプの、カニの腹を突き破った先端が体液で濡れている。シロの矢も、浅いとはいえ急所に入っていた。獲物はダメージを負っている。追いかけて、仕留めないといけない。

4

傷ついた獲物は、隠れ場所を探している。地面に残った体液が乾いてわからなくなる前に、居場所をつきとめたかった。三人の先頭に立って、サエは痕跡を辿る。

地面を濡らした体液は、次第に量が増えていた。動いて傷が広がったのか、カニは相当に弱っているはずだ。

どうしてだか、サエは手負いにして逃げられた獲物のことを、可哀想だと感じる。仕留めて食べてしまうと、そう思わない。サエの中では、殺して食べてしまうことで、ひと区切りだった。ずいぶん勝手なことだとは思う。それでも、自分で傷つけた獲物はできるだけ自分で仕留めたかった。

しばらく行くと、小さな水場に突き当たった。見上げるほどの高さに積み上がったがれきの隙間から水が湧き出して、通りを濡らしている。陥没した道に溜まった水に、カニの足跡はまっすぐ入って、そこから出た形跡はなかった。

膝まで濡らして水場を調べる。道が崩れて段差になったその断面に、穴が空いていた。入り口は、水底から、水面の上ぎりぎりまでの高さで空いている。顔を近づけてのぞき込んでみると、ずっと奥のほうまでトンネルがつながっているのがわかった。

「ここ……、だと思う」

穴の入り口は、サエが屈んでくぐれる程度の高さしかないけれど、カニは甲羅の幅があれば潜り込める。

傷の状態からして、獲物は奥ですでに死んでいる。たぶん、そう考えてよかった。けれども、どんな生き物でも、傷ついて追い詰められたときがいちばん恐い。入り口がほとんど水の下で、たいまつが使えないのも事態を難しくしていた。

ざぶん。

水音がして、気がつくとショータが潜って入り口をくぐっていた。すぐに、穴の中で水面に顔を出す。

「奥は広くなってるみたい。ちょっと見てくる」

「待て、ショータ！」

慌ててサエは、ショータをつかむ。耳まで水につかって振り返ったショータと目が合う。その顔には、怯えも気負いもない。ぷっと水を吹いて呼吸し、静かに口を開く。

「ダメそうだったら、すぐに戻るよ」

しばらく黙って、サエは考える。確かに、試しもせず諦めるには、貴重すぎる獲物だった。群れはもうとっくに行ってしまったし、次にカニを見つけられるのがいつになるのかわからない。三人の長《リーダー》として、サエは決めないといけなかった。

結局、ショータに行かせることにした。

ロープを体に結んで、命綱にして、その端をシロが握る。それからサエは自分のナイフを抜いて、ショータに持たせた。

サエが他の誰かにナイフを使わせるのは、これが初めてだった。

ナイフは、サエの自慢だった。鉄くずを打ち直したものではなく、ナイフの形で市街に遺されていた、貴重な過去の遺物だった。サエはそれを、今よりも子供だった頃に、市街を探索して見つけた。自分の前腕ほども刃渡りのあるそのナイフを、サエは滑らかな石で丁寧に磨き直して、いつでも鋭くしてあった。

群れ《クラン》の大人たちは、男たちは、サエからそれを取り上げたがった。サエのような子供が、女が持つには、過分なものだと苦言した。それでも誰に何をいわれても、サエは頑としてナイフを手放さなかった。

「……」

サエは息をつめて穴の奥を見つめる。ショータが水面から突き出すように構えたナイフの銀色のきらめきが遠ざかった。少しずつ紐が隙間に飲み込まれてゆく。奥は、考えていたよりもずっと深いようだった。

サエは、じりじりと進むショータの姿を想像する。同じようなことをした経験が、サエにもある。そのときは、恐くないふりをしていたら、そのうち恐くなくなった。自分のときより、誰かに行かせて心配している今のほうが恐いかもしれない。

「あっ」

シロが困ったような声を出して、サエを見た。紐が一杯にくりだされて、ぴんと張っている。

「ショータ、紐が足りない」

暗がりに向けて声をかける。聞こえているのかどうかわからない。

しばらくすると、くいくい。紐が引かれて、ショータが「問題ない」の合図を返してくる。その直後、紐がほどかれて緩んだ。

声をかけても返事はなかった。サエは、ショータを送り出すときに頭をぽんと叩いて「頼んだよ」の合図をしなかったのを思い出す。何だかそれがすごい間違いだったような気がしてくる。

5

不意に、カニにやられた首筋がずきずきと痛み出す。傷を押さえながら、やっぱり自分で行くべきだったのかもしれないとサエは考える。今にも、暗がりに身を潜めた手負いのカニが、ショータを狙っているような気さえしてくる。

カニは、基本的には屍肉漁りなので、獲物を狩るのが実のところ得意ではない。急所を狙ってひと突き、というような、上手な攻撃ができない。はさみで、爪足で、手当たり次第にはさんで、切りつけてくる。

カニに襲われた人間は、だから、たいがいの場合すぐには死なない。生きたまま、押さえつけられて、体の肉をむしられて食べられる。経験の長い狩猟者には、目や耳を失った者がざらだった。

紐をほどいてから、長すぎるぐらいの時間がたった。サエは、心配げな表情のシロと顔を見合わせる。そのとき、声が聞こえた。

「おーい」

上のほうからだった。二人は水場を出て、岸の土手をよじ登る。土手から通りをはさんだ向こうに背の高い建物があって、その窓のひとつにショータの姿が見えた。

「この建物の地下につながってた。カニはそこで死んでる」

建物の一階まで二人を迎えに出てきたショータがいった。

入り口はすっかりつる草で覆われていたので、内側からショータが切り払わないといけなかった。中も酷い有様で、十階以上ある床はほとんど腐って抜け落ちていて、いくつか残った内壁も、いつ崩れてもおかしくない状態だった。

ショータが案内した地下には広い空間があったけれど、真っ暗な上に湿気がひどくてねぐらには向かない。はやくも臭いをかぎつけたゲジやシッケムシがたかり始めていたので、急いでカニを解体することにした。

殻つきの脚を切り分けて、焚き火の煙でいぶしておくと、保存が利く。一階の、比較的きれいな床で焚き火の用意をして、棚を作る。火をおこすと、生乾きの木の皮をくべて、棚に並べたカニ肉を煙にあてた。熱せられた肉と煙のにおいで、三人のお腹が刺激される。

解体作業がひと区切りすると、いよいよ。

「ごはんだ」

身をはがして空になった甲羅を持ち上げて、シロがいった。

カニを解体すると端肉がたくさん出る。甲羅からこそげたような身は、保存するのには向かない。それは、サエたちの今日のごはんになる。

シロが甲羅のくぼんだ部分を切り離して、器を作った。そこにカニの身を入れて、火にかける。すぐにくつくつと音をたてるカニの身の山を、三人はしばらく声もなく見つめる。焦げつかないように二度、三度とシロがスプーンで身を返す。それから、しみ出たスープを少しすくって、そっと口に運んだ。

「あっふ」

声にならない声をもらして、シロが親指を立てる。「煮えた」の合図。サエも木の匙《さじ》を身の間に差し込んで、熱いスープをすくう。ふーふーと湯気を吹いて、口に含む。熱せれた肉汁の香りと、脂の甘みが口の中いっぱいに広がる。無言で、シロと顔を見合わせる。

ショータにスプーンを手渡すと、待ちきれないというようにほぐれた肉をおさえて、肉汁を絞り出す。こぼさないように口から迎えに行ってスープをすする。すぐに顔を上げて、目を輝かせる。

「うまい」

三人でうんうんとうなずく。それからしばらく、順番にスープを飲む。その間、あついとかうまいとしかいわない。

いよいよいい具合に火が通ったのを見て、シロが器の上で細切れ肉の山を三つに分ける。香ばしいにおいに、サエはもうがまんできない。自分の山から一かけらつまみ取って、熱々のそれを口に放り込む。

「ほほほ」

息が漏れる。噛みしめると、弾力ある身が奥歯をぎゅうと押し返す。肉汁があふれ出して喉の奥に落ちる。飲みこんだ先から、体の隅々にしみ渡ってゆく感じがする。止まらなくなって、すぐに次の一つに手を伸ばす。シロとショータも、それぞれの山に取りかかっている。三人で、食べて、食べて、食べる。

「ふあー」

器が空になってやっと、それまで息を止めていたとでもいうようにシロが声を上げる。

「おいしいねー、サエ、ショータ」

交互に顔を見合わせながら、満面で笑う。もともとよく笑うシロだけれど、おいしいものを食べているときの笑顔はひときわに明るかった。サエも、釣り込まれるように笑い返す。ショータは余韻を味わうように目を閉じてうなっている。

「すばらしいことに、まだお肉はあるんだよねー」

歌うようにいいながら、シロが空いた器に新たな肉を並べる。サエは薪を加減して、火を調整する。

「さらに、次はこれも入れてみようかな」

シロが荷物を探って、小さな袋から何かを取り出す。乾燥させたウラムラサキの束だった。くつくつと煮え始めた肉の上に、シロは茶色い束を両手でほぐして振りかける。

ウラムラサキは菌叢《くさむら》で採れる、数少ない食べられるきのこのひとつだった。そのまま煮るか焼くだけでもよいけれど、干すと日持ちがして風味が増す。シロは食べられる草やきのこの見分けが上手で、道すがら目についたものを摘んでは保存していた。

煮立てられたきのこが肉汁を吸ってふくらむと、ふくよかな香りが立った。わあとショータが感極まったようにつぶやく。シロからスプーンを受け取って、肉ときのこの破片とをひとまとめにすくい取る。ふーふーと湯気をふいて口に入れた途端、その目が見開かれた。

「んーっ」

ショータは口を押さえて立ち上がる。その場でばたばた足踏みして、口の中のものを飲み込むと、シロに向かっていう。

「シロすごい、これおいしい。こんなの食べたことない」

ふふ、とシロは得意げに笑う。

身振り手振りをつけて、どれほどおいしいか力説するショータがおかしくて、サエも笑う。どこか知らないけれど、ショータが前にいたクランではウラムラサキを食べる習慣がなかったのだろう。それとも、食べさせてもらえていなかったのか。

どちらにしても、初めて食べたら、足をばたばたさせたくなる気持ちもわかる。サエにしても、さっき食べた肉が力になって、勝手に体が動きそうな気分だった。

「うん、でも、本当にこれは……」

続いてひとさじ食べたシロが眼を細める。

「食べてる最中に、それは本当は毒だから食べちゃダメっていわれても、止められないおいしさだよね」

サエもはふはふはふとすすりこんで、うなずく。実際、おいしいきのこの見分けがつくまで、間違って死んだ人も多いのだろう。菌叢には、名前もないきのこのほうが多い。食べてみてどうなるか、自分たちの体で試して、そうやって人は生きてきたのだ。

そう思うと、ウラムラサキがおいしいということを、サエたちは他の誰かに伝えないといけない気もする。もしかすると、人が何かを食べたときに、「おいしい」と声に出してしまうのは、そんな理由かも知れない。

それから三人はまた食べて、食べて、食べる。

顔を見合わせて、おいしいといって、笑う。

そしてまた、食べて、食べて、食べた。


何日かぶりに、満ち足りた気分だった。器が空っぽになってからもしばらく、三人はそのまま火を囲んで座っている。お腹の中に食べものが入っていると、どれほど安らぐのか、サエは久しぶりに思い出していた。体の隅々にまで、食べたものが染みわたっていくのがわかる。あちこち痛かったのが、今はもう気にならない。

気がつくと、並んで座っているショータがサエに体を預けてうとうとしていた。サエはその頭をそっと支えてやる。

「がんばったよね、ショータ」

シロがいう。

そうだねとサエが返す。穴に潜ったショータが落ち着いていたので、サエは行かせることに決めた。けれども、もしかすると、ショータはよくわかっていなかったのかもしれない。

わけもわからずに隙間に潜ったのだとしたら、それは、黒の一統《クラン》が奴隷兵を使うのとそんなに違わない気もした。

ショータがいなければ、サエは自分で隙間に潜ったと思う。奴隷のように、誰かに命じられるわけではない。自分で、そうすると決めるのだ。死ぬかもしれないけれど、奥にいるカニを捕まえるには、そうするほかない。

カニを捕まえたいのは、食べたいからだ。食べることで、生きられるから。

だとすると、自分たちは「生きたい」から「死ぬかもしれない」ことをすることになる。生きたいという気持ちが、危ないことをさせる。サエはいつもここでわからなくなる。

死ぬほど危ないことをしなければ生きられないのだとしたら、生きるというのは何なのだろうとサエは思う。恐かったり、痛かったり、寒かったり、お腹が空いていたり。そんなのを抱えて、自分たちはどこに行こうとしているのだろう。

前に、シロとこの話をしたことがあった。シロは、そんなこと考えたこともなかったと、少し困った顔をした。最初から、答えなんてないんじゃないかと。それからこうもいった。

「もし、そうやって考えて、生きるのはもういいと思ったら、いってね。私もそのときはそれでいいや」

サエは炎のゆらめきを見つめる。お腹がいっぱいで、暖かな火のそばに座って、少なくとも今は「もういいや」とは思わない。たぶん、明日も。

シロに目をやる。いもうとは眠そうな顔をサエに向けて、少し笑った。

6

次の朝目覚めるとショータの姿が見えなかった。探すともなく呼んでみると、ずっと上の方から返事がある。何階も床が抜けて吹き抜けになった穴から、ショータの顔がのぞく。

「いいものがあった。上がってきてよ、サエ」

前に壁を崩したときのことを思い出してひやひやしながらも、サエはいわれたとおりにする。腐りかけて危なっかしい階段を十階分も上がると、まだしっかりした壁に囲まれた部屋があった。戸口のところでショータが手招きする。

「見てこれ、鉄だよね」

壁に作り付けられた鉄製の棚をショータが示す。あらかた塗装がはげてさびだらけの、けれど厚みがある棚で、ナイフにしたら十本ぐらいは鉄がとれそうなサイズだった。

「鉄だね。運びやすいようにバラせるかな」

そうしてすぐに、手分けして棚を調べにかかる。全部を持って行くのは重すぎる。さびの少ないきれいなところを石で叩いて小分けにすれば、三人でいくらかは運べるだろう。

鉄は、市街でそれほど見つけにくいものでもない。サエがここまで登ってきた傷んだ階段にしても、鉄でできている。建物の柱も、ほとんどがそうだ。ただ、そんな大きなものを削ったり運んだりするのは無理があった。

さびでボロボロになっていなくて、人が持ち運べる大きさの鉄となると、意外と貴重だった。長年の探索で、見つけやすいところの鉄はあらかた持って行かれてしまっている。狩猟や探索で市街《まち》を行くときに手頃な鉄を見つけたら、とりあえず交易のためにとっておきたい。

サエが壁の隙間に鉄パイプを差し入れてこじると、棚はめきめきと音を立てて倒れる。はずみで棚の蓋が外れると、中から何かが飛び出して、ひらひらと舞った。

「何……？」

床に落ちた一枚をショータが拾い上げる。

「文書《もんじょ》だ」

いいながら、サエは開いた棚の中を調べる。束になって綴じられたいくつもの文書が出てきた。

そっと、サエは束のひとつを開く。市街で見つかるたいがいの文書は酷く脆《もろ》くなっていて、触れるだけで砕けてしまうのだけれど、これは違った。乾いた枯葉にそっくりな手触りの文書の束を、サエはぱらぱらとめくってみる。白い、四角いその表面に、まったく意味のわからない細かい模様がびっしりと並んでいる。

「鉄よりも、もしかするとこっちのほうが貴重かもしれない」

「それが？」

ショータが不思議そうに見ているので、サエは説明する。文書は、こんなふうに時々、市街で見つかる。並んでいる模様には何か意味があって、模様を読み解くことで、古《いにしえ》の、失われた知識が得られるのだといわれていた。

「こういう文書を集めてる、賢老って人がいるんだ」

「ふうん」

ショータが束をぱらぱらとめくって、目で模様を追う。

「知識、ねえ……」

ぴんと来ないのも無理はない。サエにだってよくわかっていない。サエが知っているのは、文書を持って行くと、賢老が見返りをくれるという話だけだった。

「その賢老って人がどこにいるか、サエは知ってるの？」

ショータの問いに、サエはうなずく。市街に暮らしていて、賢老の居場所を知らない者がいるとは思わなかった。それは、市街のどこからでも見える中心部にあった。ここからも見えるはずだ。サエはショータを窓際に引っ張ってゆく。

「ほら」

窓の外をさしたサエの指の先、ずっと遠くにひとつだけ、目立って高い建物があった。賢老の塔。そびえるその塔で、老賢人が人々の持ち寄った文書を読み解き、古の知識を蓄えている、そういわれていた。

「塔に行ってみようか」

三人で話して、そう決まった。文書と引き替えに、冬を越すために必要な物を手に入れたいというのが、いちばんの理由だった。たとえば、ショータのブーツやミトン。今はあり合わせでなんとかしているけれど、冬が来る前にはちゃんとしたものが欲しい。毛皮の余分があれば、いろいろと作ることもできる。

塔はまた、交易が行われる場所でもあった。市街中から、文書を手にした人が訪れるので、そこでお互いに必要な物を交換しているうちに、交易の目印になった。塔が交易を仲介してくれることもある。鉄は誰でも欲しがるので、何かと交換できる可能性は高かった。

「たぶん、一日半ぐらい」

サエはそう見積もった。荷物が重いので、一日では難しい。鉄よりも文書のほうが嵩張《かさば》って持ちづらかった。

次の朝、この時期には珍しい晴れ間がのぞいていた。けれども気温は低くて、そのうちに雪になるのだろうなとサエは思う。二つに分けて毛皮に包んだ大きな荷物を交代で運ぶことにして、三人は塔を目指して出発した。

「あの建物は、越冬所にはできなかったのかな？」

先頭を行くショータが、後にしてきた建物を振り返る。サエは荷物を反対の肩にかつぎ直しながら応える。

「ちょっとボロすぎたかもね」

天井や床が傷んでいると、ひび割れに雪や氷が入り込んで、一気に崩れてしまうことがある。一晩二晩ならともかく、冬の間中を過ごすのであれば、もっとしっかりした建物を探したかった。

それに、とサエは付け足す。あの建物は、前のクランの狩り場からそれほど離れていない。何日もあそこで火を焚いたりすると、見つかる恐れがあった。

クランを抜けてから、サエたちは常に狩り場を変えて移動し続けている。もといたクランの狩猟隊がどの辺りを巡るのかはわかっていたので、ここまでの間、裏をかくことはできていた。

狩猟隊が巡るのは、つまり獲物が見つけやすい場所でもある。そこに近づくのを避けなくてはいけない、というのは、獲物が少ない場所を辿ることだった。必然的に、サエたちは、乏しい食料を探しながら歩くことになった。

クランがその気になれば、自分たちを捕まえるのは難しくないだろうとサエは思う。たいがいの場合、サエたちは食料を探しながらなので、それほど距離が稼げない。クランが捜索隊を組織すれば、何倍も速く、遠くまで移動できる。そうしないのは、たぶん、サエたちがなめられているのだ。女二人では何もできない。いずれ泣いて戻ってくると、高をくくっているのだろう。

サエがそう説明すると、ショータは感心したように眼をしばたたく。

「もしかして、二人がもう死んじゃってると思って、諦めているってことはないの？」

「だといいんだけど」

応えながら、サエは首を振る。なるべく目立たないように移動してはいるけれど、痕跡を完全に消せている気はしない。

クランにとって、出産可能な健康な女はいわば財産だった。機会があれば取り戻しにくるだろうとサエは思っている。

「ふうん……」

ショータはあまり納得できないというように漏らす。

「でもさ、そもそも二人は、どうしてクランを抜けちゃったの？」

「それはねえ」

サエが応えようとするより先に、シロが口を開く。

「わたしが嫁がされそうになったからなのよね」

サエより一足早く、子供が産める体になったシロを、クランは嫁に出すことに決めた。嫁ぎ先がどこになるのか、シロ自身にも知らされなかったけれど、見当はついた。シロは、黒の一統《クラン》への貢ぎ物として嫁がされようとしていた。

危険な相手である黒の一統と、一応の血縁であるといえるように、適齢期の女子を差し出す。それは、珍しいことでもなかった。サエやシロを産んだ実の母親たちも、そうされたのではないかとサエは疑っている。

そうやって、ひとまずは血縁を結んでおけば、少なくとも黒の一統に自分たちの群れ《クラン》を全滅させられることはない。大人たちは、そう考えていた。嫁いだ女がどういう扱いを受けるのかについては、気にしていなかった。

「どっちにしても、わたしたちは戻るつもりはないの」

シロが言葉を継ぐ。

「サエと一緒に行く」

シロが嫁がされそうになったのは、きまりだったからだ。それはクランを守るためのものので、菌叢《くさむら》で静かに息をするのと同じようなものだろうとサエは思う。守らないと、何かしらよくないことがあるのだ。

けれど、それ以外はないのかと、サエは思ってしまった。その答えが、二人してはぐれになることでよかったのかは、わからない。

ただ、今はとにかく、昨日たっぷり食べて、体も軽い。先のことはどうあれ、自分たちはちゃんと自分たちで生きている。


土地鑑のない場所を進むのは、思っていた以上に大変だった。

重い荷物を抱えて、障害物の多い通りで迂回ばかりさせられて、少しも進んだ気がしない。骸骨みたいにぼろぼろの、柱だけになった建物の立ち並ぶわびしい景色の中を、三人は黙々と歩いた。

午後遅くに、偵察のために高台に上がったサエが、陸の橋を見つけた。陸の橋は、柱を立てて地面より高くした道路で、市街の所々で見かける。崩れやすくて危ないこともあるけれど、上手くいけば歩きやすくて距離が稼げる。登れそうな場所を探して、三人は橋に上がった。

陸の橋の上はおおむね進みやすかった。端を通ると崩れて落ちそうだったので、一列になって真ん中を歩いた。高い道路からは、目標の塔もよく見えた。

日が落ちたところで、野営にした。道路の端の欠けたところから降りて、二本の柱に渡された梁《はり》に出る。路を屋根にして柱にはさまれた隙間で、風から逃れられる。柱は何のとっかかりもない円柱で、地面から梁まで登ることも、降りることもできなかった。

荷をほどいて、寝床を整える。道中に集めておいた木ぎれで、小さな火をおこした。カニ殻で、カニの内臓と水を煮立ててスープを作る。温かい食べ物をお腹に収めると、ひとごこちついた。

「ショータ、あんた寝相悪いから、ここから落ちるかもよ」

寝転がって梁の端から下をのぞき込んだシロがいう。下は雑草の茂る土の地面だったけれど、落ちたらケガするぐらいの高さはあった。

「転げないように、おねえちゃんと体を結んどいてあげよっか」

紐を示しながら、シロがいたずらっぽく笑う。だいじょうぶだよとショータは首を振った。

火が自然に消えるのに任せて、三人は身を寄せ合って横になった。

7

物音か気配。何かで目が覚めた。身についた習性で、サエは静かに体を起こす。暗い、けれども夜明けが近い明るさだった。

間をあけずに起き出したシロとショータに静かにするよう身振りで伝えて、そっと梁の端に這い寄る。天井の路に反響して、遠くの音が聞こえやすくなっていることに気づいた。足音、それから低い話し声。人が来る。

「だれか来る?」

並んで首を突き出したシロが、口の動きだけでいう。いつもは柔らかな頬の線に、緊張がある。サエは小さくうなずく。足音は、間違いようのないほど近づいていた。

市街《まち》で知らない誰かと出くわすのは、悪い結果に終わることのほうが多い。サエたちのようなはぐれ者にとっては特にそうだし、皆が寝ている時間帯に動き回るのが、よい人間だとは考えにくかった。

やがて、人影が現われた。

ひとかたまりになって歩く何人かの姿が明らかになってくると、サエは思わず声を漏らしかける。

油断なく辺りを見渡す、体格のよい男が一人。男の左右と前に一人ずつ、遠目にも粗末な格好をした小さな人影が付き従っている。二人は子供で、ショータと同じくらいか、もっと小さい。もう一人は、女だった。

「うう……」

女のお腹がぽこんと膨らんでいるのを見て、サエは我慢できずに小さくうめく。ぼろを着た三人は、奴隷兵だった。そして、奴隷兵にしていうことを聞かせやすいのは、子供と、妊娠した女だ。

同じものを見たシロが、顔色を失っている。逃げ出せないように、誰かに頼らないと生きられないと思わせるために、女は妊娠させられている。クランを抜けていなければ、シロも、同じようにされるところだったのだ。

サエはシロを支えるようにして、ショータと三人で顔を寄せる。

「……人狩りだ」

サエがささやくと、シロが震える息だけで応える。

「黒の一統《クラン》……、だよね」

サエは眉をひそめてうなずく。長柄の斧《おの》を背負って、なめした革の前掛けをした男は、典型的な黒の一統の人狩りだった。

ショータがきょとんとした顔をしているので、サエは手短に説明する。

「こわい人狩りどもだよ。やつらの長の、もつれ手の男は、さらってきた子供をバリバリ頭から食べるってうわさもある」

驚いたように、ショータが目を丸くする。どんどん近づいてくる人影に目を向け直して、サエは小さく首を振った。

人狩りが出ることに思い至らなかったのは、迂闊だった。賢老の塔には、各地から人がやって来る。交易を期待して、いろいろな物を持っている場合も多い。人を狩って物を奪おうと考えたら、塔の周囲で張っていて当然だ。この辺りは、黒の一統の狩り場だった。

寝るときにちゃんと消さなかった火がくすぶって、その煙が漏れたのだ。サエは歯がみする。どこか高いところで見張っていた人狩りたちは、それを見つけたに違いない。柱の上で野営していたことまでは気づかれていないのが、せめてもの救いだった。

男が低く命じて、みすぼらしい身なりの奴隷たちが無言で従う。そうやって人狩りの一群は、適度な間隔をあけて進んでいた。

時々、奴隷兵の男の子が立ち止まって、空気の臭いをかいでいる。焚き火や炊飯の臭いを探しているのだ。自分もお腹が空いているとき、そういった臭いにどれほど敏感になっているかを思って、サエはぞっとする。彼らは確実に、焚き火の跡が近いことを嗅ぎつけるだろう。やり過ごすことは、できそうにない。

「まずいね」

同じことを考えたのか、シロが食事あとのカニ殻を見ながらささやく。

「うん。逃げよう」

まだ少し距離があるうちに道路に上がって、できればそのままこの場を離れることにする。真下にまで来られても、この柱を登ってくることはできない。時間は稼げるはずだ。

ショータに見張りをさせて、サエとシロとで荷物をまとめる。

「あっ」

先にシロが道路へ上がったとき、ショータが小さく声を上げた。

「見つかった、こっちを指さしてる」

もう声を潜めても意味がない。サエはショータを呼ぶ。

「こっちへ、ショータ。橋の上に登るよ」

頭上からシロが力いっぱい包みを引き上げる。そのすぐ下から荷物を押し上げるようにサエも登って、続けてショータが登ってくるのを助ける。

足下が騒がしくなっていた。人狩りの男が矢継ぎ早に指示を出して、奴隷兵たちを走らせている。柱のすぐ下まで迫った男の子の投げてきた石が、柱に当たってにぶい音をたてた。

「走って」

薄ぼんやりと明るくなり始めた曇り空の下を、三人は駆け出す。地上より高くなった陸の橋はこの辺りからゆるく曲がっていた。目的地の方向から少しずつ離れるけれど、今はとにかく逃げるしかない。

がれきだらけの、下の踏み分け路よりも、走りやすい橋の上が有利になる。そう思いたかったけれど、甘かった。少年たちは、雄叫びを上げて、サエたちに追いすがった。髪を振り乱して、裸足でがれきを蹴って、飛ぶように走る。狩る者の凶暴な興奮が、その目にあった。

少年たちを引き離せずに、焦りが募る。持ちにくい荷物を担ぎなおそうとして、シロの手が滑った。

「あ」

毛皮の包みがほどけて、文書《もんじょ》の束が地面に滑り落ちた。すぐ後ろを走っていたサエが急停止して、散らばった文書をかき集めはじめる。そのとき、背後で獣のうなりのような声がする。

「!?」

振り返ると、見通しのよい橋の上に、小さな人影がある。遠目になお黒い、黒の一統の男。威嚇するように、大きく斧を振り回す。下から少年たちに追わせて、自分はどこかから橋に登ってきたのだ。

「ぅおおおぅらああ」

でたらめに吠えたてて、男が猛然と走り出す。登ってきた場所が遠かったのでまだ距離はあったけれど、追いつかれるのは時間の問題だった。

「サエ、文書を捨てよう」

ショータが思いがけず鋭い声でいった。

集めかけていた文書の束を手に、サエが逡巡する。ショータはその手から束を取り上げて、素早く文書をめくる。記された模様をさっと眺めて放り捨てると、次の文書を開く。啞然としているサエを尻目に何冊目かの束をぱらぱらとめくっていう。

「これにしよう。他のはいらない」

ぱたんと閉じた束を脇に抱えて、空いた手でサエを立たせる。そのままサエの手を引いて、散らばった文書の束を蹴散らして走り出す。

「ちょっと待っ……」

走り出しながらサエが振り返ると、男の姿が大きくなっている。獣じみた顔に浮かんだ、獰猛な笑いさえ見分けられる気がする。迷ってる場合ではなかった。サエは前を向き直る。逃げること以外のぜんぶを、頭から追い出す。

少し先で、シロが弓に矢をつがえて立っている。首を回して「先に行け」の合図をするシロにうなずきを返して、横を駆け抜ける。シロはタイミングを取るように軽く深呼吸すると、次の瞬間に弓を引き絞って、放った。

男の突進が止まる。かく、と膝をつきかけて、けれど踏みとどまる。腿に突き立った矢に手をやって、躊躇なくへし折る。それから顔を上げて、シロを見て、笑った。シロは体を翻す。前を行く二人を全力で追った。

下を追ってきていた少年たちが、今は先行している。サエたちが走るその先で、路が崩れて斜面になっているのが見えていた。少年たちは先回りして、そこから路に上がってくるつもりなのだ。

サエは、自分が、何を思うこともなく、ただ走っているのを感じる。生きるために、逃げ延びるためにどうすればいいのか、考えなくても体が動く。規則正しく、力強く地面を蹴る足。伸び上がって前へ前へと体を運ぶ。心臓の鼓動。呼吸。耳元で風を切る音。敵の足音の位置。目は距離を測って。

サエには、少年たちが登ってくるぎりぎり前に、自分がそこに到達できるのがわかる。加速する。崩れている路の手前で踏み切って、大きくジャンプする。

「るぁああっ」

吠えていた。サエの体は、斜めになった路をよじ登りかけていた一人目の頭の上を飛び越す。その後ろにいた二人目の少年を、踏みつけるようにして両足で蹴る。薄い肉がひしゃげて、骨が軋む感触。

弾き飛ばされたように、少年の体が斜面を転がり落ちるのを、もうサエは見ていない。

振り向きざまに、鉄パイプを振る。サエより高い位置にいた少年の脚を、横薙ぎにする。

ぎゃっと叫んで、少年は態勢を崩す。そのまま倒れて、斜面を滑り落ちてゆく。

ショータが追いついてきたので、手を振って先に行かせる。続いて、シロ。三人で陸の橋から下りて、隠れ場所の多いところへ飛び込む。それから、ひとときも止まらずに、建物の残骸を縫ってジグザグに走る。

空がすっかり明るくなった頃に、やっとペースを落とす。三人とも汗だくになって、切れ切れの息を継いでいる。サエは、胸が痛くなるほど深く呼吸する。三人で、交互に水筒を回し飲む。

ひとまず追ってくる気配はなかったけれど、ずいぶんと迂回させられていた。自分たちがどの辺りにいるのかも、三人にはわからない。

シロの矢は人狩りの男の足を止めたが、殺したわけではない。厚い革の前掛けに防がれるので、足を狙ったのだ。

「……すごい目でにらまれたよ。あの調子だと、もう走り回ってわたしを探してるかも」

思い出して、シロが身震いする。

黒の一統が、獲物をみすみす逃がしたと噂が立つのを許すとは思えなかった。態勢を立て直して、きっと追ってくる。それに、黒の一統はあの男だけじゃない。ここもすでに、別の人狩り部隊の狩り場なのかもしれなかった。

不意に不安になって、サエは辺りを見渡す。朽ちた建物と、がれきの道。どこにでもありそうな市街の景色は、静まりかえっている。何の気配もないのが、余計に怖く感じられた。

「どうしよう」

シロが小さく口に出した。

人狩りたちがあちこちで網をはっているのだとしたら、どっちに向かうのも安全とはいえなかった。来たほうに戻るのは、話にならない。多少は見知った場所に帰ったところで、そこにサエたちの安住の地があるわけでもなかった。だとすると。

サエは塔に向き直る。

近辺が狩り場になっているのだとしても、賢老の塔が襲われたという話は、聞いたことがなかった。このまま追撃を振り切って塔にたどり着ければ、しばらくはしのげるのかもしれない。なにより、少なくとも塔は見えているので、迷うことはない。

サエがその考えを話すと、シロがうなずく。

「文書と引き替えに、これも手に入れないと……」

そういって、ショータの足下を示す。むやみに走り回らされたせいで、ショータのブーツはぼろぼろだった。

「ショータ、歩ける？」

底が剝がれて、足の指が切れて血がにじんでいる。黒の一統の奴隷兵たちを思い出して、サエの胸がちくりとする。ショータはまだ平気だと、二、三歩その場で足踏みしてみせた。

ひとまずブーツを紐で補修して、三人は改めて塔を目指す。なるべく大きな通りは避けて、細い道を選んで、できるだけの速さで走った。

ルート選びが上手くいったのか、しばらくは何事もなかった。塔に近づくにつれて建物は形を残したものが増えて、身を隠しやすかった。塔はだんだんと大きく、高くみえてきた。

休憩で足を止めて、三人は黙って塔を見上げた。遮るもののない曇りの空に、高くそびえる塔の姿は、サエを圧倒した。ずっと見上げていると空に落ちそうだと、シロがつぶやいた。

そうして、また歩き出そうとしたとき、すぐ前に人影があった。

ぎくりとして、三人は身を固くする。

先頭にいたサエは、人影が誰なのかすぐに気づく。行く手をふさぐように立っているのは、奴隷兵の女だった。

女はひとり、不格好に膨らんだお腹を上下させて、あえいでいる。先回りするよう命じられたのだろう。塔までの最短距離を、妊婦の捗らない足で走ってきたのだ。

「みっ、みつけっ……」

荒い不規則な息の合間に、女がいいかける。汗と砂埃で黒いまだらになった血色の悪い顔の中で、笑いの形に口をゆがませる。

「も、もう逃げられないよ……、仲間が近くにいるんだ」

これ見よがしに、かぎ爪のついた棒を振りまわす。おどおどとした目を、辺りに走らせる。

はったりだ。サエはそう思う。

本当に仲間がいたら、黙って合図するはずだ。

ただ、女の放つどんよりとした絶望と憎しみは、はったりではなかった。たちこめた悪意は、手に触れられるほどに実感があった。女は心の底から、サエたちを自分と同じ境遇に堕としたがっていた。そうしたいがあまりに、仲間がすぐにやってくることを、すっかり自分に信じ込ませているようだった。

どうして無関係な相手を、そこまで憎むことができるのか、わからない。理解できない暗い感情の深さが、サエをたじろがせていた。

そのためらいを隙とみたのか、女が動く。ぼろぼろの見た目からは想像できない滑らかさで、手にした棒を素早く振る。かぎ爪で、サエの足を払いにきた。

「……！」

虚を突かれた。けれど軌跡は見えている。サエは片足を浮かせて横薙ぎの一撃をかわす。

がじん。

同時に、反射的に突きだした鉄パイプが、女の棒を止める。そのまま、上からかぶせた鉄パイプに体重をかけて、押さえつけた。後ろの二人にいう。

「シロ、ショータ、行って」

すぐに意図が伝わる。二人は左右に分かれて、サエと組み合って動けない女の両側を走り抜ける。

「あ、ぁっ」

気を取られた女が目をやった隙に、サエは押さえつけていた力を緩める。反動で持ち上がった棒に、今度は上から思い切り鉄パイプを叩きつける。

かろん。

あっけなく、棒が落ちた。

ぽかんとした表情で、女がサエを見る。その顔が、ことのほか幼いのにサエは気がつく。ぼさぼさの髪や、汚れ放題の顔でわからなかったけれど、たぶん、サエたちと少しも違わない年齢なのだ。そんなことがちらりと頭をよぎった。

そのせいで、動くのが遅れた。傍らをすり抜けようとしたのが半歩足りなくて、サエは女とぶつかる。

「あっ」

尻餅をついた女の横を走り抜けようとしたサエの手が、がくっと引かれた。

「……待ってよ」

両手でサエの手をつかんで、女は無表情で目を見開く。

「おとなしく捕まってよ。あんたらに逃げられたら、わたしが酷い目にあわされるんだから……」

汗だか涙だかが流れて、どろどろの女の顔で筋になる。手に、恐ろしいほどの力が込められて、サエは倒されそうになる。

「お願いだよ。お願いだから捕まってよ」

ひび割れた唇を震わせて、女はお願い、お願いと繰り返す。細い、骨張った指がサエの腕に食い込む。

「だめっ」

シロが割り入ってきて、女を突き飛ばす。サエの手をつかんで、二人で駆け出す。女は、突き飛ばされたままの格好で、地面に横たわってわめく。

「待ってよ、待てよ。ああああぁぁぁっ」

やがて、絶叫にかわる。

「いあああぁぁぁあああっ、いいあああああぁぁああ」

仲間への警報と、サエたちへの呪詛《じゅそ》。憎しみと、怒りと、悲しみ。それから、底知れない絶望。

ぜんぶがない交ぜになった、とても一人の人間から出るとは思えない叫びに追われるように、三人は塔に走った。

8

間近に見る塔は、もとは二本並んでいたとわかる造りをしていた。片側が途中で折れていて、遠目には高く残った一本だけが目立つ。低くなった塔のてっぺんから橋が延びて、高い側の塔とつながっている。見上げると、その橋の上に緑が茂っているのがわかった。

塔は、遠くから見て思っていたほどきれいではなかった。特に、高い側の塔はあちこちで外壁がはがれてしまっている。むき出しになった鉄骨の隙間を、鳥たちが群れをなして飛び回っていた。

低い側の塔はそれよりましで、壁がちゃんと残っているし、崩れた箇所を補修した跡もある。人が暮らすとしたら壁のあるほうだろう。そう見当をつけて、低い塔に向かうと、入り口とおぼしきところが鉄の扉でふさがれていた。

扉は分厚く頑丈で、押しても引いてもびくともしなかった。どうやって入ったものかわからず、とにかく文書《もんじょ》を持って来たと声を張り上げてみる。シロが手に持った文書を、上から見えるように掲げて振っていると、ばさり。紐のついたかごが落ちてきた。

「……入れろ、ってことだよね」

シロが確認するようにいって、そっと文書を置く。少しするとかごはするすると引き上げられて、窓の一つに消える。やがてその窓から声がした。

「……上がってくるがいい」

声がいい終わるかどうかで、がたたん。扉の向こうで重い音がして、鉄の扉に少しだけ隙間が開いた。

がだだん。

三人が隙間をくぐり終えると、すぐに扉はまた閉じる。紐と滑車とが組み合わさった開閉の仕組みがあるようだったけれど、扉が閉まると暗くて見えなくなった。

暗がりの中でそこにしか進みようのない階段を上がると、窓からの明かりが差す部屋になっていた。

「たしかに古《いにしえ》の文書のようだ。よく持って来てくれた」

先ほどかごで引き上げられた文書を手にして、老人がひとり立っている。サエたちとさほど変わらない簡素な服。なめし革のような肌の上に、長い年月が刻んだ深いしわ。白い眉の下の目は笑っているようでも、油断なく細めているようでもある。老人は、柔らかな声で賢老だと名乗り、それから塔のきまりを説明した。

「まず塔は、文書を持ってくる者を受け入れる。文書はすなわち知識。知識と引き替えに、必要なものを与える」

サエはそれを聞いてほっとする。ひとまず、何かはもらえそうだ。

「わしと話がしたければ、一晩ここで過ごすことも許す。塔は、皆に知識を授けるところでもあるからな」

賢老は続ける。

「たとえば食物を持ってくれれば、それに見合ったことを教えよう」

サエとシロが顔を見合わせる。あまり得な取引とは思えなかった。見すかしたように、賢老がにやりとする。

「食べものは、その日に食べたら終わり。だが、その日の食べものと引き替えに、明日からずっと食べものに困らない知識が手に入るとしたら、どうだ？」

それは、ずいぶんと得に感じる。

「あるんですか？　そんな知識が」

シロがおずおずと聞く。老人は首を振る。

「もののたとえだ。だが実際に、今すぐは役に立たなくとも、おまえたちの子供のその子供にまで伝えれば、必ず助けになる。そういったものはある」

むしろ、それが知というものだ。老人は重々しくうなずく。

サエにはよくわからない。はぐらかされている気になる。

「でもそれで、今日の食べものがなくなって、あたしたちが死んじゃったら、子供は生まれません」

ふむ。賢老は息を吐いて、ひょいと肩をすくめる。

「そのとおりだな……。だが現に、ここに食物を持ってきて、知識を得ようとする者もある。今も、そのような客が来ているところだ」

後で案内して、会わせよう。老人はいって、さらに続ける。

「いちばん大事な塔のきまりは、誰にでも中立であることだ。どのクランの何者であっても、文書を示せば扉を開ける」

それを聞いて、サエははっとする。

「相手が、黒の一統《クラン》でも？」

「そう。中立であるからこそ、やつらも塔には手を出さない」

あるいは、と老人は息をつく。

「塔を餌に、大勢の人を引き寄せ、そこから細く長く奪うほうが得だと、そう考えておるのだろうよ」

「それがわかってるなら……」

思わずサエが口に出す。

「襲われそうな人を助けてあげないんですか？」

やれやれと老人は首を振る。ほとんど閉じた目に、鋭い光がある。

「考えてもみろ。この塔で誰かを匿うとしよう。他の誰かも、そうしてくれとやってくるだろう。一人を助けて他を助けないなんてことはできん。誰が助かって、誰が助からないのか、人の身でそれを決められるはずもない」

サエは黙ってしまう。そのとおりだという気がした。淀みなく、老賢人は続けた。

「黒の一統に追われる者を助けるようにすれば、やつらは容赦なく塔を襲うようになるだろう。どちらかの味方をすると、どちらかの敵になる。わしの塔は、どちらにもならない」

きっと、もうずっと長い間、この塔はそうやってきている。誰かが逃げ込んでくることもしょっちゅうなのだろう。その度に老人は、同じ話をしているのだ。

サエには賢老の理屈がどこまで正しいのかわからない。でも、他人をあてにできないというのは、どこにいっても同じことだった。自分たちに、人狩りから逃げる能力がなければ、捕まる。狩りをする能力がないと食べものが手に入らなくて死ぬ、というのと同じで当たり前のことでもあった。

「だが、おまえたちが追われているというなら……」

老人は手近な山に文書を積むと、くるりと踵を返す。部屋の奥にある階段に向かって歩きだした。

「文書と物とを引き替えて、早めに退散するがよかろう。おーい、デヴォ」

最後のは、階段の上に向かっての呼びかけだった。

やがて現われた人影に、三人は思わず息をのむ。のそり、という感じで階段の踊り場をすっかり埋め尽くす、とてつもなく大きな男。窮屈そうに折り曲げた腰が、肩が、腕がとにかく大きい。サエの胴ほどもありそうな、ごつごつの、いびつな顔が、天井につきそうな高さから見下ろしている。

すくんだように動けない三人に、賢老が笑いかける。

「怖がらんでも、デヴォは何もせんよ」

おまえたちが余計なことをせん限りは、と真剣な声音で付け足す。デヴォと呼ばれた大男は、老人の言葉に何事か唸りながらうなずく。

「上で待つといい。欲しいものをデヴォにいえば、用意する」

大男が分厚い手のひらを振ってよこす。三人は招かれるままに、デヴォに続いた。

階段を上りきったところは、二つの塔をつなぐ橋の上だった。とつぜん明るく開けた眺めに、三人は目をみはった。

たっぷりと幅のある橋の両側は、一面に大きなガラスをはめ込んだ窓になっていて、光端から端まで床の上いっぱいに土が敷き詰められていて、たくさんの草や木が植えられているのだ。

「わあ……」

シロが驚きの声を漏らした。建物の中が植物に浸食されていることはよくあるけれど、それはもう建物が朽ちているような場合だった。ここのように明るくて、きれいなことはない。わざわざ土と、植物とを運び入れて整備した場所なのだ。盛り上げた土で区分けされて、草や木が種類ごとにまとめられていることからも、それとわかる。

何のための場所なのだろう。そう訊ねようと傍らのデヴォを振り返って、サエは改めてどきりとする。天井が充分に高いので、大男は今はまっすぐに立っていた。その顔の位置が、見上げるほどに高い。上背だけでなく、胸や腕の厚みも相当のものだった。これまでにサエが見たことのある、いちばん大きな大人の男と比べても、ぜんぶが二倍もあるように思えた。

「……？」

サエが見上げているのに気づいたのか、デヴォが顔を下に向ける。丈夫な革みたいな皮膚はでこぼこしていて、目の大きさが左右で違う。そのいびつな顔の中で、これもまた歪んだ口が開いて、乱杙歯《らんぐいば》をむき出しにする。

「あがぅ？」

威嚇とも疑問ともとれる唸り。むやみに恐ろしいけれど、サエは思い切ってきいてみる。

「あの、デヴォさん……、ここって何の部屋なんですか？」

おう。大男が目を細める。それからのしのしと歩いて、手近な低木に大きな手を伸ばす。分厚く太い指が、信じられないほどやさしく葉をかき分けて、小さな丸いものをつまみあげる。

「ん」

目の前に差し出されたそれと、見下ろしているデヴォの顔とをサエは交互に見る。サエの腕ほども太い指の先にあるのは、これまでに見たことのない木の実だった。

「ん、ん」

デヴォはもう片方の手で自分の口を示して、ぱくぱくと開け閉めする。食べてみろという意味だろう。受け取って、かじってみた。ベリーに似ているけれど、それよりももっと歯ごたえがあって、甘みと酸味のあるみずみずしい果汁が口の中に広がった。おいしい。

思わず見上げると、デヴォは目を笑みの形に細めている。

「デヴォさん、しゃべれないっぽいけど、伝わってるみたいだね」

シロもひとつもらって、食べている。

「うん。それで、ここは食べられる草や実を育ててるんだ」

ほとんどずっと移動している菌叢《くさむら》の暮らしでは、食べものは自然になっているのを採って集める。ここのように、わざわざ植物を育てているというのは聞いたことがなかった。仮にそうしようと思いついたとしても、土地はがれきだらけで、太陽の光は弱い。ここのようにガラスで覆って暖かさを補ってやらないと、なかなか上手くいかないだろう。

たぶん、これが古の知識なのだ。

それからまた案内されて、植わった木の間を歩く。橋の真ん中辺りに近づくにつれて、話し声が聞こえてきた。少し行くと木々が途切れて、広間のようになった場所に出る。そこで、何人かが大きなテーブルを囲んでいた。

サエは緊張する。賢老のいっていた、別の客たちだろう。害意のある相手とは限らないけれど、はぐれの身なので、慎重になる。ざっと見たところ、男が六人。そのうちの一人がこちらに気づいて、席を立って近づいてきた。

「やあ。君たちは、この島のクラン?」

鷹揚な口ぶりで、男がきく。島という呼ばれ方に慣れはなかった。菌叢に囲まれたこの辺り一帯という意味なら、そのとおりだろう。サエは顎を引いて応える。

ふうんと薄く笑いながら、男はさりげなく値踏みするような視線を走らせる。それから、ぱっと笑顔を大きくした。

「俺たちは、塔《ここ》の噂を聞いて、菌叢を渡って来たんだ」

どこか得意げにそういって、男の茶色の目がサエを見下ろす。少しも威圧的なところなどないその目を、サエはどうしてだか怖く感じてしまう。アゼチだと名乗って差し出された力の強い手を、おずおずと取る。柔らかく笑ってはいても、アゼチが人を従わせる側の人間だということは、態度や雰囲気でわかった。

がっしりとした体つきと、日焼けした肌。意志の強そうな眉と、顎の線。着ている服の様子が、サエたちの知るものと違う。布がゆったりして、縁が縫い取りで飾られていて、作りがよかった。豊かな部族《クラン》の、地位のある人間なのだろう。

「サエです。こっちは、きょうだいのシロとショータ」

サエが紹介すると、アゼチはそれぞれに目を向けてうなずく。そんな態度のいちいちにも、余裕があった。アゼチは今の一瞬で、サエたち三人が一斉にかかっても、自分が打ち倒されることはないと踏んだのだと思う。

もちろん、実際にそんなことは起こらない。サエたちにもアゼチにも、事を構えようなんて気は少しもない。誰でもそうやって、自分でも知らないうちに群れの中で順位を確認している。アゼチのような、生まれついてのリーダーみたいな男は、そこのところも鋭いというだけだった。

そしてたぶん、サエが最初に怖いと感じたのも、その鋭さだった。

サエとシロとが抜け出してきたクランの男たちみたいに、いざとなったら殴っていうことを聞かせようというのではない。自分で狩りができるようになって、はぐれになっても生きてきた今、そんなのはあまり怖くなくなっている。アゼチに感じたのは、殴られなくても従ってしまいそうな、そんな怖さだった。サエは自分の感じたそれを、うまく考えにすることができなかった。

「さあ、遠慮しないで食えよ……って、俺がいうのもおかしいけど」

アゼチは三人をテーブルに案内して、食事を勧める。同じ客のはずなのに、サエたちに向かって自慢げに料理を解説した。

「これはカニ。俺たちが、賢老の知識と引き替えるために持って来たやつだ」

燻製になったカニの脚が積まれた中から、アゼチが一本をつかんで寄こす。大ぶりで身の詰まったそれだけで、充分にごちそうだった。

「他にもあるぜ、その丸いのは何かわかるか？」

アゼチの指さした先にかごがあって、白くて丸いものが並んでいた。シロが手を伸ばして、ひとつ取る。

「……たまごだ」

目を輝かせて、シロがたまごをサエに見せる。

「さっき、高いほうの塔に鳥が群れてるのを見たよ。あそこから持ってくるんじゃないかな」

シロがそう考えを口にすると、ぱちん。アゼチが指を鳴らす。

「そう。この塔は大したものだ。どこかに井戸もあって水にも不自由しないようだし……、鳥も、たまごもとれる。何より、この菜園だ」

アゼチは両手を広げて辺りを示す。

「……さいえん？」

サエが聞き返すと、アゼチは手元の皿から根っこのようなものをつまみ上げる。

「そう。こういう食べられる作物を作っている場所のこと。菜園と呼ぶらしい」

サエは改めて辺りを見回す。すごいなと思う。賢老がいっていた、ずっと食べものに困らない知識というのも、あながち嘘ではないのかもしれない。

「で、賢老様から菜園について教えてもらうために、俺たちは菌叢をすたこら走ってやって来た、ってわけだ」

ぽんと自分の腿《もも》を叩いて、アゼチが笑う。

簡単にいっているけれど、楽ではなかったはずだとサエは思う。菌叢の深まったところは、遠くからでは足下がわからない。迂闊に進むと、ぬかるみで立ち往生したり、危険な菌の群生に踏み込んだりする。身を隠したカニや、毒のある生き物も厄介だ。アゼチたちはよほど偵察をして、準備をして来たのだろう。見れば、男たちは皆、アゼチに劣らず頑健そうだった。菌叢の向こうにある、大きくて立派な部族《クラン》を、サエは想像する。

菌叢の向こうに人が住んでいる。そのことが何より驚きだった。そして菌叢が越えられると考えて、実際にアゼチは越えてきていた。

サエも、ここではないどこかに生きる場所があるかもしれないと思ったことはある。でも、真剣にその場所に行けるとは考えていなかったのかもしれない。菌叢を渡る苦労を楽しげに話すアゼチの顔を見ながら、そんなふうに思った。

「うおう」

いつの間にかどこかに行っていたデヴォが戻っていた。大男の両手は、根のところで布に包んだ小さな木を、大事そうに抱えている。皆が食べている間に、別の部屋でこれを用意していたのだ。

「苗だ」

アゼチが駆けよって、デヴォから木を受け取った。そっと地面に降ろして、満足そうに眺める。

「俺たちの土地に、少しだけ他より雪の少ない、日当たりのいい場所がある。そこのがれきを除けて、土を柔らかくして……」

ぐるりともう一度、菜園を見渡す。

「ここみたいに、食べられるものが作れれば、暮らしが楽になるだろう」

そういってサエに向き直ると、にいと笑ってみせた。できるかどうかは別にして、自分がやることを誰にも邪魔させない。そんなふうな笑い方だった。

それからアゼチは男たちに、デヴォを手伝って苗を取ってくるように指示する。口々に返事をして男たちが行きかけると、シロが何かを思いついたみたいに立ち上がった。

「サエ、私もデヴォさんと行って、ショータのブーツをもらってくる」

「あ、うん」

サエは反射的に返事をする。もう充分に食べたので、文書と引き替えのものをもらいに行くのは、悪くない考えだった。シロはショータの手を引いて立たせると、小走りになってデヴォの後を追った。

そうして皆が行ってしまって、サエはアゼチと二人で残されたことに気がついた。急に静かになって、何となく落ち着かない。別に食べたくもない根っこを指で突いたりしているると、どっかとアゼチが向かいに座る。顔を上げると、こっちにまっすぐ向いた茶色の目と、目があった。

「そちらのクランの長に挨拶したいが、ここには？」

サエはどきりとする。自分たちがはぐれだと、見すかされているような気もする。なるべく何気ないふうに、首を振った。

「今日は、ショータのブーツをもらうのと……、あと、鉄が少しあるので、交易できないかと思って来ただけなので」

クラン同士の話し合いは、普通、有力者同士で行う。長を指名したということは、アゼチもやはり長か、それに近い地位なのだ。サエのような、子供みたいな若い女が交易を持ち出したのは、まずかったかもしれない。

シロだったら、もっと上手にごまかして話をしたかもしれないなとサエは思う。こんなときサエは、考え込んでしまって言葉が出てこない。ちらとアゼチをうかがう。菌叢の向こうから来た男はゆったり腕を組んで、気にした様子もない。

「鉄か……。俺たちの土地では、建物の残骸が少ないぶん、鉄も見つけにくい。安全に行き来できるようにルートを整備すれば、いい交易ができるかもなあ」

そうして、何か考えるように、遠い目になった。

サエは静かに息をつく。最初にアゼチに感じた怖さが、今は何か別のもやもやしたものになっている。作物を育てようとしたり、交易の道を考えたり。そんな話を聞いていると、自分が、足下だけを見ながら歩いていたような気になった。

獲物の跡を辿るとき、足下だけを見ているのは、上手な狩猟者といえない。ふとそんなことを考えた。

気がつくと、アゼチの目がまたサエを向いていた。はっとなって、取り繕うようにサエはいう。

「いいえ、あの。菌叢の向こうの暮らしは、どんなのかなって」

ああとアゼチは小さく笑う。

「変わらないよ、たぶん。獲物を追って歩き回って。蓄えて、冬に備えて。子供を産んで、育てて、死ぬ」

ずっと繰り返されてきた、ずっと繰り返していくような生き方。それ以外の何かを求めて、菌叢を渡ってきたのだという。

聞きながら、サエは何度もうなずく。自分の考えていたことが、アゼチの言葉の中にあるような気がした。もっと話をしたら、自分の探しているものが見つかるのかもしれない。そうも思ったけれど、上手くいえそうにないので黙っている。

そんなサエを、アゼチはじっと見ている。それから、思い出したように口を開いた。

「嫁をもらって血縁になろうという相談も、長としなければいけないのかな？」

「え？」

不意に別の話になって、サエは戸惑う。ちょっと考えて、クラン同士の結びつきの話だとわかって、もちろんとうなずく。

「はい。そういう大事なことは、長同士で決めないと」

まじめにそう答えるサエを見やって、ふうんとアゼチは、どうしてか満足そうに笑う。

「残念だな、ここに長がいればその話ができたのに」

そうして、テーブルに肘をついて身を乗り出した。サエはまた、何かを見すかされたような気になって、目をそらしてしまう。指がまだ根っこをつまんでいたことを思い出して、いかにもずっとそうしたかったみたいに口に入れる。奥歯でかんでみても、何の味もしなかった。

それから二人とも黙って、しばらくそのままでいる。アゼチの話を聞きたい気もするけれど、何をいえばいいのかサエにはわからない。無言でアゼチに見られていると思うと、落ち着きがなくなる。うーんと考えて、えいやと立ち上がった。

「ちょっとシロたちの様子を見てきます」

いい捨てて、さっさと歩き出す。テーブルが、木の陰に隠れるところまできて、振り返った。逃げてきたような気がしていた。たぶん、そうなのだろう。サエの手はいつの間にか腰の後ろに回って、ナイフの柄をぎゅっと握っている。その感触で自分を落ち着かせようとしながら、シロたちを探しに向かった。

塔の中は思っていたよりも入り組んでいた。菜園になった橋に通じる階段や通路がいくつもあって、サエはどこに行けばいいのか、すぐにわからなくなる。それに、気がつけば随分と暗くなっていた。窓の外は、すっかり青い宵に変わっている。

「……長くいすぎたかもしれない」

サエはつぶやく。

いろいろとありすぎて忘れかけていた。自分たちはここに、人狩りに襲われて逃げ込んできたのだ。逃げて走ったのは昔のように思えるけれど、あれはまだ今朝のことだ。

うっすらと露で曇ったガラスを手でぬぐって、サエは窓に顔を寄せる。ちらつく雪の向こうで、崩れた建物のでこぼこのシルエットが、暗い空に突きだしていた。自分たちが来たのはどっちからだったかと視線を巡らせていて、その目が止まる。ちらっとした明かりが、視界をかすめた。

「……火？　たいまつだ」

ガラスに額をくっつけるようにして、サエは目をこらす。もう一度、火が見える。だんだんと、はっきりとしてくる。近づいてきていた。しばらく観察していると、たいまつの明かりの中に、大柄なシルエットが見分けられる。そいつが足を引きずるようにして歩いているのがわかって、サエは息をのんだ。

「あいつだ……！」

弾かれたように、サエは窓際から飛び退く。橋の中央のテーブルに向かって、暗がりの中、菜園の木々をかき分けるみたいにして走る。

広場に近づくと気配があって、皆がテーブルの所に戻っているのがわかった。木を回り込む。テーブルにランプが載せられていて、周りを人影が囲んでいる。明かりの手前でシルエットになった中からシロを見つけ出して、駆け寄る。

「シロ、あいつらが来た！」

　えっという顔でシロが振り向く。サエは、シロの隣にいるのがアゼチだったと気がつく。サエが声をかけるまで二人で話をしていた、打ち解けた雰囲気の名残がそこにあった。どうしてだか、サエの胸がざわついた。シロの肩をつかんで、ひったくるみたいにしてアゼチから離す。

「シロ、あいつらが追ってきた。昼間の人狩り」

　もう一度いいながら、窓辺にひっぱってゆく。さっきよりも近くに、たいまつの明かりが見えた。シロはすぐに状況を理解して、二人は顔を見合わせる。

「……追われてるのか？」

　アゼチが二人の後ろから身を乗り出して、窓の向こうに目をやる。肩越しに振り返って、サエは唇を噛んでうなずく。

「人狩り、です」

「面倒だな……」

　アゼチは怒ったように、困ったように、短く刈った茶色の髪をがしがしとかく。迷惑をかけてしまったと思う気持ちと、自分たちの問題だから放っておいてほしいという気持ちが、サエの中でぐるぐるする。だけど、今は何かを考えているようなときではない。

「荷物の準備は？　すぐに出られるか？」

アゼチが振り返っていう。男たちは、木や草の苗を丁寧にまとめた包みを、持ち上げて示してみせる。中の誰かが短く返す。

「行けます」

よし、とアゼチは男たちに大股に近づくと、自分の装備を手に取る。マントを羽織りながら、今度はサエに向き直る。

「そっちはどうだ、準備は？」

サエははっとする。荷物は少ないので、すぐにでも準備できる。シロはすでにテーブルに戻って、自分の装備を整えている。まだ窓の外を見ているショータをつかまえて、サエは声をかける。

「ショータ、ブーツはどう？　走れる？」

とんとんと床を踏んだショータがうなずくのを見て、サエはアゼチに向かっていう。

「準備できてます」

「だったら一緒に来い。人狩りが着く前に出るぞ」

悩んでいる暇はなかった。先頭に立つアゼチに思わず従って、男たちと一団になって歩き出す。階段を駆け下りて扉の前に固まると、男たちはサエたち三人をまん中に押しやって、周りを囲んだ。

「やつら、黒ずくめの連中だろ？」

暗がりの中で、男たちのうちの一人がいう。

「俺たちも、先遣隊が何度か、あいつらにやられたんだ」

ああとか、おおとか、男たちが口々に毒づく。そうかとサエは思う。こちらのほうが戦力がある。出がけに相手の不意を突いて倒して、そのまま行くつもりなのだ。

「よし、行くぞ。賢老様、開けてください」

アゼチが階上に声をかけた。少しして、がごごん。鉄の扉が、夜気に向けて開かれた。

先頭になったアゼチは、近づいてくるたいまつの明かりを、まっすぐに目指す。隊列を組むように、適度な間隔で男たちが従う。まん中のサエたちは、なるべく姿を見せないよういわれて、マントをかぶって男たちの陰になるようついていく。

アゼチは、列の左右に目配せして、少しずつ歩調を早めた。人狩りの男がこちらに気づく。足早に間合いを詰めてくる一団に、事態を察したようだった。少しの躊躇もなく、一息のうちに全力で進路から逃れた。

「ちっ」

男たちの誰かが舌打ちした。あるいは荷物を運んでいなければ、追撃したかったのだろう。

勢いを落とすことなく進む一団に、逃げ遅れた奴隷が突き倒される。地面に落ちたたいまつが、後続に蹴られて消えた。

真っ暗になった市街を、男たちは無言で突っ切ってゆく。闇に紛れて遠ざかる一団に、人狩りの男がじっと目を向けていた。

9

アゼチたちのクランまで、一緒に来ないかといわれたのは、二度目の小休止のときだった。アゼチは、サエたちがはぐれで、戻るところがないんじゃないかといった。

一行は、夜のうちに、彼らがこの島に上がってきた「上陸地点」まで向かうつもりでいた。そこから方角を確認して、一気に菌叢《くさむら》を渡るのだという。

最初に話を聞いたときから、サエには行ってみたい気持ちがあった。ここことは違う場所を、見てみたかった。

ただ、はぐれだと知られているのは気がかりだった。人狩りに盗られるぐらいなら、拾って帰ろう。アゼチにしてみれば、その程度なのかもしれなかった。

返事をしかねていると、ひょいとアゼチが肩をすくめた。

「はぐれだってことは、サエ……、おまえがこの三人《クラン》の長だってことだ」

話している顔はよく見えなかったけれど、暗がりでも何となく微笑んでいる気がした。

長と呼ばれて、馬鹿にされている感じもない。

「だから長よ、考えてくれ。鉄があるって話だったから、まずはそいつで交易をするのでもいいな」

男たちとサエたちとは、互いを見失わない程度の間隔で列を作って、夜の市街を進んでゆく。サエはシロと相談するために、列のいちばん後ろで並びかける。サエが菌叢の向こうに行きたがっていると知っているシロは、さらりという。

「サエがいっしょだったら、わたしはどこにでも行くよ」

「うん……」

いつもどおりの、気負わない返事。普段なら気持ちが軽くなるいもうとの言葉にも、サエの気がかりは晴れなかった。

「アゼチには、こっちがはぐれだってバレてるんだ。あたしたちを、自分のクランのものにしようと考えてるんじゃないかな、って」

部族《クラン》のものになったら、シロはまた貢ぎ物みたいに扱われるかもしれない。サエだってどうされるかわからない。ちびのショータなんて、足手まといになったら、今にでも捨てられたっておかしくなかった。

「うーん。まあ……、それも少しはあるかもしれないけど」

シロが、心当たりのあるような口ぶりになる。

「さっき、塔でアゼチに聞かれたんだ。サエは子供を産める体になってるのか、って」

「うぇえっ？」

サエは絶句する。やっぱりアゼチは、シロやサエが健康な女かどうか確認して、自分たちのものにしようとしているのだ。塔でシロとアゼチが隣り合って話しているのを目にした、あの瞬間を思い出す。胸がざわついたのは、これだったのかもしれない。

「シロが、アゼチに取られそうだと思って、それであのとき……」

アゼチの隣から力任せに引き離したときのことをいうと、シロはなぜか首をかしげる。

「あれ？　アゼチがわたしに取られそう、じゃなくて？」

「アゼチがシロに？　なにそれ」

何をいっているのだろうとサエは思う。ただ、のんびりした口調で、シロが自分ほどには警戒していないことはわかる。速いペースで並んで歩いていて、足を踏み出す度に、二人の体のどこかが触れあった。

クランを抜けてから、そうやってくっつき合うようにして、歩いてきた二人だった。そうしているだけで、伝わるものはあった。

サエの心配が、シロにはわかっている。でも、と思う。

「そんなに悪い人でもない気がする」

そういうと、サエは困ったような顔をシロに向けてくる。サエもそんなふうに感じてはいるのだ。けれど、どうして自分がそう感じるのか、わからないでいる。サエは、肝心のところに気がついていない。

アゼチは、サエをクランのものではなく、自分のものにしたがっているんだよ。たぶんね、とシロは考える。そして、そういってあげても、サエは戸惑うだけだろうとも思う。だから、代わりにこういう。

「アゼチはサエのことを、わたしたち三人の長だって呼んだんでしょ？」

こくり。シロの隣で姉がうなずく。シロはにっこり笑っていう。

「わたしもそう思う。サエがわたしたちの長だから、サエが決めて」

上陸地点には、程なくして到着した。男たちは菌叢の岸辺にぬかりなくしるしを残してあった。目標になる山の形を確認してから出発することにして、一行はその場で明け方を待つ。

追っ手を警戒してここまで明かりなしで来たので、当然、火をおこすことはしなかった。ちらちらと雪の舞う中、風を避ける窪地に全員で固まった。

輪になって身を寄せ合った男たちは、サエたちをまん中へと行かせた。男たちの着ているマントは厚く、ゆったりしていて、暖かかった。

「長として、決めました。一緒に行きます」

顔を寄せた暗がりで、サエはアゼチにいった。

「そうか」

どことなく満足げな声で、返事があった。

「でも」

サエは固い声で付け足す。

「シロを嫁がせて、あなたたちのクランと縁を結ぶことはしません。これも、長として決めました」

暗がりが、低くざわめく。男たちは、生意気をいっているサエを責めるのではなく、単純に興味深く感じているような様子だった。構わず、サエは続ける。

「シロはもう子供が産めます。わたしも、たぶんもうすぐそうなりますけど……、二人とも、婚姻のために、そちらの土地に行くわけじゃないです」

「あー、うん」

アゼチが咳払いする。

「あんたたちが健康なのかどうか、聞いたのは……、まあ気が早かったな。謝るよ」

見えないけれど、アゼチがまじめな顔をしているのがわかった。サエも真顔で深くうなずく。

「では……。今回は、交易ってことでいいかな、サエ？」

「はい。お願いします」

アゼチの声のするほうへ差し出したサエの手を、大きな手がしっかりと握った。サエは大きく息をつく。いうだけのことは、いった。

身を寄せ合った暗がりが、静かになる。皆、思い思いに体を休めている。サエも、シロとショータを抱き寄せて、目を閉じる。菌叢の向こうから来た男たちに囲まれていて、三人だけの夜とは匂いが違うとサエは思う。そのうちに慣れた。


少しうとうとして、目が覚めたとき、サエは自分が寄りかかっていたのがアゼチだったことに気がついた。しっかり筋肉のついた腕が、そっと自分の体に回されているのがわかっても、それほど嫌な気持ちはしなかった。それは、人狩りが奴隷を捕まえておく、というような感じとは違っていた。大人が、小さな子供を抱きかかえるような感じとも違う。人が、そんなふうに人に触れるやり方を、サエはこのときまで知らなかった。

何となく、暖かな腕の中から出たくないような気になって、サエは小さく首を振る。そんなわけにはいかない。サエはそっと体を起こす。空を見上げると、ぼんやりと明るい。人の輪から離れて、菌叢の沖へ目をこらす。雲の影とまぎらわしいけれど、山の稜線らしいでこぼこが見分けられた。そうしているうちに、皆が起き出してきた。

それからの男たちの行動は早かった。荷物をまとめて、顔を寄せて打ち合わせると、すぐにもざかざかと菌叢に踏み込んだ。グループでいちばん年若の、イワという男がしんがりで、サエたちを行かせた後、石を並べたしるしを蹴って崩した。

菌叢のその辺りは、サエの膝から腰ぐらいの草に覆われたガレ場だった。猟や食料探しでサエたちもたびたび歩き回るような〝浅瀬〟で、しばらくは特に危なげなく進んだ。

先頭を行くアゼチは、目標になった山から少し、外れた方角に向かっている。追っ手を警戒しているというより、自分たちの土地を隠したいのだろう。何度か方角を変えてルートを紛れさせて、やがて地平線にこんもりと盛りあがった丘のような場所へと向かい始めた。

地面は次第にぬかるんできたけれど、アゼチたちはスピードを落とさなかった。胸までの草をかき分けて、サエたちは、小走りでついて行く。ほとんど一歩ごとにきのこやカビの塊を踏みつけていたが、気にかけている暇がない。ちゃんとわかって、危険な場所を避けているのだと、信じることにした。

丘に見えたのは、菌叢に飲み込まれた市街の跡だった。横倒しになった大きな建物が、斜面のようになって行く手に突き出している。

サエたちは先頭から遅れはじめていた。特に、背の低いショータが首まである草に難渋して、何度も足を取られて転倒する。しんがりのイワはショータを助け起こして、辛抱強くサエたちを促して前進させた。

市街跡の入り口に着いたのは、たぶん昼過ぎだった。雪曇りで太陽は見えないけれど、明け方より気温が上がっていて、走りづめだったサエは汗だくだった。建物のふもとで小休止していたアゼチが、サエに水筒を差し出した。

「ここから市街の跡を行く。ここを抜けてしまえば、あとは目標の山めざして一直線だ」

アゼチがマフの下からいう。

「市街跡は草が少ないので進みやすいが、やっかいな菌《きのこ》も多い」

崩れやすい床や壁、危なっかしい生き物にも気をつけないといけない。アゼチが指を折りながら説明する。そんなの当たり前だと、サエは口をはさまない。ここまでの移動で疲れていて、あまり強がっていられる状況でもなかった。

「それで、ここを出たときに、山の方向が確認できないといけないんで……、できるだけ早く、暗くなる前に抜けたい」

つまり、ゆっくり休んでいる時間はないという意味だった。ショータの体力が心配だったけれど、黙っておく。捨てていくといわれたら、困ったことになる。

考えながら、アゼチの水筒に口をつける。革でできた袋をおさえて、細い注ぎ口から出てくる水が思いのほかおいしくて、つい何口も飲んでしまう。元通りに栓をして、お礼をいいながらアゼチに返す。受け取った手をアゼチが戻さず、じっとサエを見てきた。水を飲み過ぎて怒らせてしまったのかとサエがおずおずしていると、アゼチの茶色の目が柔らかく笑う。

「よくついてきてるな、たいしたものだ」

怒られなくて、サエはほっとする。自然に笑い返した。アゼチに認められるのは、素直にうれしかった。

よし、とアゼチは皆に聞こえるように大きくいう。行くぞと合図を出すと、男たちはそれぞれに荷を担ぎ上げる。サエはシロのところに行って、二人でショータを抱え起こす。

「いける、ショータ？」

うんと答えて、ショータは一人でまっすぐに立つ。今の間に回復できたみたいだった。昨日の夜、塔でたくさん食べたからだとサエは思う。いつもみたいにお腹をすかせていたら、サエにしたところで、この速さについていけなかっただろう。

それを思うと、菌叢を越えるチャンスは、今しかなかったのかもしれない。そんなことを考えながら、男たちの列に続く。シロと二人で前後になってショータをはさんで、歩き出した。

建物の残骸が折り重なる市街の跡地は、奥へ向かうにつれて暗くなった。崖のようにそそり立つ朽ちた建物が光を遮っていて、ところによっては天井のようにつる草が覆っている。

陰になった地面はじめじめとして、ありとあらゆる菌がはびこっていた。サエの見知っている危険な菌もあったし、見たことのないものも多かった。

毒々しい色合いの中に、一見して地味な灰色の一群を見つけたときには、思わず息を止めた。ハイイロヤドリ。胞子を吸い込むと、この菌は胸の中で育って、人の息を止める。同じように厄介なきのこは他にもいくつかあるけれど、中でもいちばん知られたものだった。

ペースが速いので、いつまでも息を止めているのは難しかった。それでもサエはなるべく静かな呼吸を心がけていたけれど、ショータはそうもいかなかった。足場のよくないなかをずっと走って息が上がっていたし、時々は、マフが外れてしまっていた。サエかシロのどちらかが気づいてマフを直して、列に追いつくために走った。

崩れそうな細いコンクリートの橋を渡る。

菌がむすうに寄り集まった菌塚の土手を、手と膝でそっと登る。

むき出しの肌を狙ってくる虫の大群をはたき落とす。

ぬかるみに踏み込んでブーツにしみこんだ水で足が冷たくて痛い。

けれど止まらない。

歩く、走る、歩く。

倒れて崩れ残った建物の、斜めになった壁を登る。天井のようになったつる草の上に出て、視界が開けた。雪にかすむ山並みと、振り返ると賢老の塔の先との両方が見える。地平線の手前、草深い平原に、オオツノウシの群れがいた。

「ウシがみんな同じ方向を向いてんの、わかる?」

最後尾を行くイワが、手にした槍《やり》でウシの群れを指した。二十頭ほどのウシが、ゆっくりと歩いていて、いわれてみれば頭の向きが同じだった。頭の横に張り出した、枝分かれした大きな角を、歩くたびに少しずつ振っていて、その動きが揃っている。

「ウシの向いた先に月があんだよ」

イワの話に応えて、ショータが地平線を見渡す。

「……じゃ、今夜は、あの辺りから月が昇ってくるってこと」

そう、とイワが同じ方向を指して、腕をぐるりと上に回す。

「月が昇ってこう動くと、ウシたちもぐるっと首を回して月を追いかける。ウシが月に祈ってんのさ」

ふうんとサエは感心してウシを眺める。

菌叢の深いところにいて、滅多に近寄れないので、オオツノウシのことはあまり知らなかった。ウシ猟は、大がかりな狩猟隊を組んで遠征する。気配に敏感で足が速い獲物を、菌叢の沖で追うのはとても難しい。肉がたくさんとれて、皮も角も貴重なウシを狩るのは栄誉だけれど、遠征に参加できるのは男だけだったのだ。

列の先頭は、定期的に目印を確認していて、ひとまず迷っている様子はなかった。入り組んだ市街跡を縫うようなルートで、いきなりヤドクヌメリの巣に踏みこむとか、ハイイロヤドリの群生のただ中で立ち往生するようなハメにもなっていない。探せばカニがいそうな場所はいくらもあったけれど、猟をしているわけではないので通り過ぎた。

ショータは黙々とがんばっていたけれど、やはり遅れ始めていた。ぬかるみで転んだショータを助け起こしに戻ったとき、サエはふと、周囲の光景に違和感を覚えた。

シロと二人でショータの手をとって引きながら、思いついたことを口にしてみる。

「シロ、ここって少し前に通ってない？」

「そう……、かな」

ちょっと辺りを見渡して、自信なさげに応える。シロも疲れていた。

「通ったよ」

転んだときに口に入った泥を吐きながらショータがいう。

「さっきはこの筋と交差する方向に進んだ。たぶん、ぼくたちに道を覚えさせないようにしてるんだ」

「そうか……」

ありそうな話だった。注意深いのはわかるけれど、そのせいで余分な距離を走らされていると思うと、どっと疲れがきた。

先頭と間隔があいてしまっていた。しんがり役のイワは、焦れてサエたちを追い越して、少し先で待っている。追いつこうと急いでいると、市街跡に雄叫びが響いた。

物陰から飛び出した大男が、イワを横合いから一撃する。

がくんとイワの首が不自然に折れる。それから、崩れるように倒れていくのが、妙にゆっくりと見えた。

「黒の一統《クラン》……！」

例の人狩りとは別の、新手だった。ぞわっと毛が逆立つ感覚があって、舌に鉄の味が広がる。イワを殴り倒した男が、かぎ爪のついた棒を一振りして血を払う。物陰からは、次々と黒ずくめの男たちが姿を現わす。

「逃げて！」

振り返って、叫ぶ。すでに逃げる体勢になっていたシロとショータの背を押すように、全速で駆け出す。

「おおるあああああっ」

背後で男が吠えた。その声があまりに大きく、とても近くに聞こえてサエはすくみそうになる。歯を食いしばって耐える。

「建物の中へ！」

少しでも入り組んだ場所で、身を隠す。そのぐらいしか思いつかなかった。三人は、朽ちた建物が折れ重なった細い隙間を目指す。最後尾で壁の間を潜ろうとしたとき、サエの体ががくっと後ろから引かれる。

「あっ」

痩せた、奴隷姿の男がマントをつかんでいた。陰になった顔の中で、興奮に濡れた目がぬらりと光る。

何事か喚きながら、男はすごい力でサエを引き倒しにかかった。サエの手が、とっさに壁をつかんでこらえる。引っ張られる力に抵抗して、次の瞬間、後ろ向きに勢いをつけて上体をそらした。サエの頭のすぐ後ろにあった男の顔面に、思い切り後頭部を打ち付ける。

ごしゃ。

男の顔で何か潰れる感触と、短い悲鳴とが骨を伝わって聞こえた。男がそれでも手を放さないので、ふりほどくようにしてサエはマントを脱ぐ。そのまま、つんのめるようにして走る。隙間に駆け込みながら振り返ると、黒ずくめの大男が奴隷兵を従えて近づいてきていた。襲撃者たちは二手に分かれて、残りはアゼチたち本隊のほうへ向かったのだろう。

適当な棒きれしか手にしていない奴隷兵とはいえ、こんな場所ではむしろ大男より厄介だった。サエたちと体格が変わらないので、狭い隙間や崩れやすい場所でも追われることになる。先に行ったシロとショータはうまく隠れたのか、姿が見えない。サエは、二人が身を潜めたであろう隙間の奥へは、あえて向かわないことにする。菌塚を蹴散らして、がれきの斜面を駆け上がる。

行く手に、高い壁がそびえていた。かろうじて建物と呼べる程度の、壁と柱の残骸。そのどこかに身を隠せるかもしれない。サエは息をつめて、きのこだらけの窪地を突っ切って、建物を目指す。

建物の残骸の根元が、沼のような湿地になっていると気づいたのは、すぐ手前まで近づいたときだった。地面はそこから下って沼に潜っていて、すでに止まりきれないのがサエにはわかった。ぬかるみにはまってモタモタしていたら、追いつかれる。

崩れて傾いた壁から、さびだらけの鉄骨が、沼の上に突きだしているのが目に入った。サエは手にしていた鉄パイプを背後に勢いよく投げ捨てる。その反動も使って加速して、沼のみぎわで踏み切った。

空中で、指も手も肘も肩も背中もぜんぶ伸ばして。少しでも前に。左手の指先が鉄骨をかすめて。右手の指がぎりぎりで引っかかる。

がくんと衝撃がきて指がちぎれそうになる。必死でしがみついて、どうにか鉄骨の上に体を持ち上げた。

そのままじっとしていたかったけれど、そうもいかない。ぐらぐら揺れる鉄骨の上を這って、サエは壁の内側に向かう。追っ手の気配が迫っていた。

穴だらけの外壁の内側で、床はほとんどが落ちて、吹き抜けになっていた。残った壁から壁へと、折れ曲がった鉄骨が縦横に走っている。サエが立っているのは二階ぐらいの高さに渡された鉄骨で、見下ろすと建物ぜんぶが沼の中に建っているのがわかった。光の当たらない黒い水面が、ぬらぬらと足下に広がっていた。

奴隷兵たちが、ぬかるみに膝までつかって、建物の中に進んでくるのが見えた。サエは近くの傾いた柱を、さらに二階ぶんほど登る。つる草の茂みを見つけて、そっと身を伏せた。

発見されていない気はするけれど、確信はもてなかった。静かに身を潜めていると、自分の鼓動すらうるさく感じる。左手が濡れているのに気づいて確かめると、いつそうなったのか、爪がはがれて皮膚が裂けている。

ひとつ気がついたのをきっかけに、体のあちこちが痛み出す。鉄骨に片手でぶら下がった右手は、筋を痛めたのか力が入らなくなっていた。無理を重ねて走り通しだった足は、もう感覚もない。なにより、マントをなくしたせいで、じっとしていると凍えそうだった。

「うう……」

サエは、噛みしめた歯の隙間から、細く息をする。歯が鳴らないようにするだけで、気力を振り絞らないといけなかった。サエが我慢できるのはそこまでだった。体はもう、おさえようもなく震えていた。

痛む右腕を苦労して背中に回して、腰の後ろのナイフに手を添える。シロたちは、うまく隠れているかなと思う。シロならきっと上手にやっているはずだとも思う。ショータが失敗をして、二人が捕まったりしませんようにと、強く願う。それから、アゼチのことを思い出す。

アゼチが逃げていてほしいと、心から自分が感じていることに、サエは気づく。

シロやショータに対して感じるのと同じくらい強く、アゼチにも生きていてほしい。昨日会ったばかりなのに、どうしてだろう。気を緩めると意識がなくなりそうな頭で、サエはそんなことを考える。

ほんの一瞬、目を閉じた。そのつもりだった。けれど、次に目を開けたときに、サエは自分がとっくに見つかっていたことを理解する。伏せている鉄骨からの震動が、近づいてくる追っ手のことをサエに教えた。力の入らない手でナイフを抜き放って、ゆっくりと茂みから立ち上がる。

迫ってきていたのは、奴隷兵ではなく、黒ずくめの男だった。大きな体で、ここまで気配なく登ってきたというだけも、男が優れた狩猟者だというのは確かだった。力でも、技量でも、サエのかなう相手ではない。

男のほうもそれがわかっている。なので、はったりも脅しもない。ただ油断なく、サエのナイフを見る。獲物を見極める、狩猟者の目。

サエの後ろから、気配が上ってくる。振り向かなくてもわかる。奴隷兵たちだろう。あと何呼吸かの間に、サエは狭い鉄骨の上で前後をはさまれる。逃げ場はなかった。

男はきっかりサエの間合いの外で足を止めて、ナイフを指さして、その指を下に向けて振る。「武器を下ろせ」の合図。従いたくはないけれど、勝ち目のない男相手に、死にものぐるいで暴れる理由もない気がした。

男の圧力におされてナイフを下ろしかけて、ふと自分がつる草の茂みの中にいることを思い出す。びっしりと足下の鉄骨の両側にからまったつるが上下に伸びていて、それは鉄骨がつるにぶら下がっているみたいでもあった。

もちろん、つるだけで支えられているわけではないと思う。けれども、つるを切ったら、鉄骨がバランスを崩すぐらいのことは、ありそうだった。背後の気配が近づいていた。鉄骨の上に置くふりをしたナイフを握り直して、サエは片側のつる草に体ごとぶつかってゆく。

「わあああっ」

最初の一撃で、何本ものつるに裂け目ができる。そこにのしかかるようにしてもう一撃。体重のかかったつるがばつんとちぎれて、鉄骨が揺らいだ。

飛びかかってくることを警戒していた男は、横ざまにつる草を切りつけにいったサエの動きに虚を突かれた。揺らいだ足場に対応できず、よろめく。その隙に、サエはつるを次々に切断する。背後からの奴隷兵たちが、サエの動きを止めようと近づいてきたのも、つるの切断を早めた。支えを失って体重のかかった鉄骨は、大きく傾いた。

がわんと頭上で大きな音がした。切ったのと反対側で、つるに引きずられて、上階の鉄骨がたわんでいた。かろうじて引っかかっていたコンクリートの床が、それで崩れる。ごがん。大きな塊が、サエと男の間に落ちて、衝撃が大きく足場を傾けた。

斜めになった鉄骨の上を滑るように、男が突進してくる。サエは反射的にナイフを突き出す。手応えがある。そのままの勢いで、男とサエはもつれ合うようにして宙に投げ出される。

壁が床が柱が轟音をたてて、次々に崩れる中を、サエは落ちた。

第二章　体験《コンテンツ》

1

海を作ることにした。

半透明の情報材《マテリアル》を、目の前の空間から取り出して積み重ねる。海のイメージは共通ライブラリからコピーせず、自分の手を動かす。体の脇にたたんでいた補肢も伸ばして、四本の腕で、ブロック状に形成した情報材を配置してゆく。できあいのものではなく、誰かが作った海という感じにしたかった。


正確で精密な海を体験したければ、本物の海に行けばいい。

あらゆる意味で本物の、凍りついていない海は、残念ながら地球上にはほとんど残っていない。けれども私たちは、情報的に本物と寸分違わない海を、ライブラリに持っている。

私たちはいつでもそれにアクセスできる。

作った感じにしたいのは、そこに私が介在したいからだ。自然を写しとった画像は、自然そのものではない。そこには、画像として切り取った誰かの視線がある。そうやって、あるものを解釈すること。今の私にとって、作るというのはそういう意味だった。

海のようなものは、以前にも作ったことがあった。考え事をしながらでも、手はほとんど勝手に動く。思考と作業とを切り離して並行できるのは、現世代人の特異性というわけでもない。初めて木から地面に降りた遠い祖先も、体に二足歩行させながら、頭で木の実や異性の尻を想ったはずだ。

人類は、その特徴である巨大な情報処理器官を完成させる以前に、すでに歩くことをマスターしていた。だから人間は歩行の際に脳をほとんど使わない。そうやって余らせた情報処理能力で、余計なことを思いついて、人は種としての優位性を獲得してきた。

私は人類の、現時点での系統樹の末端近くにある種の一体だ。自己認識としても、現世界での定義としても、人だといえる。ただ、変化の果てに、樹上生活していた祖先とも、その後に大きく栄えて、今は絶滅に瀕している裸の猿たちとも、隔たった存在になっている。

私は情報だ。情報の塊だ。
計算される存在で、演算処理そのものだ。
いくつもの、様々な構造のプロセッサの中で計算される世界に生きるデータ生命だ。

かつて生命が、人々が、物理的な世界を生きたのと同じように、私たちは計算された地平に生きている。少なくとも私は、生きていると感じる。処理に応じて状態が移り変わるビット列にすぎないけれど、生きている。

二百数十年ほど前、旧世代の人類は、実質的に滅んでしまった。人の生存圏は、生き方そのものは、現世代へと移行した。幸いなことに、その準備はできていた。人類はそれまでに充分なほど長く、現世代の世界を構成するしくみに慣れ親しんできていた。つまり、計算する機械に。

人々は自分たちが生み出し、高度化し、洗練させてきた機械のことを信用できると感じていた。事実、世界のあらゆる部分をそういった機械が制御し、動かしていた。そうして計算された計算《アルゴリズム》そのものが、世界のひとつの側面になっていた。

人は自分たちの営みの一部を、計算できる情報《データ》として扱うことに違和感を覚えなかった。生命には、近似的《デジタル》に置き換え可能な部分があることを認めつつあった。計算によって形作られたデータ世界に生きるストーリーを消化できた。

人の世界に、計算で生み出された知性や人格が入り込んでいた。それらは、とてつもないスピードで進歩していた。単なるデータの塊の、そのふるまいに、紛れもない人間らしさがあると人は感じた。

作り出されたものたちは、ある部分では人よりはるかに優れていた。はじめのうち、簡単なゲームで人を打ち負かす程度だった機械は、やがて複雑で幅広い事柄を差配するようになった。そのうちに、作られた知性は、人がどうやっても理解することのできない考え方を身につけた。自分にわからない考え方をする機械が、正しい答えを返してくる。そのことに人々は、抵抗を感じなくなっていた。

世界の終わりが近づいている。

それも、そうやって得られた答えのひとつだった。

大規模な気候変動が起きて、地球は凍りつく。

人を含むほとんどすべての生命が、この長い冬で絶たれる。

作られた知性がそう告げたとき、人類の多くはそれを信じられなかった。何かの間違いであると考えた。人の脳は信じられないものを、信じたくないものを疑うように設計されている。

作られた知性がしたことは、望遠鏡が人類にしたことと同じだった。レンズは上手に光を屈折させて、人が肉眼で観測できない遠くの宇宙の姿を見えるようにする。遠くの宇宙は最初からある。望遠鏡がそれを作り出すわけではない。

同じように、太陽活動の低下や軌道要素の変化や海洋循環の停滞は、ささやかで雑多な兆候としてずっとあった。知性はそれらがこの先でどうふるまうのかを、極めて正しい精度で予測しただけだった。

氷河期の到来が避けられないとわかって、人々は逃げ道を探した。作られた知性はそれに対して、いくつかの方策を提示できた。

示された未来の中で、最も効率的で実効性が高いもののひとつが、生命に物理的な体を棄てさせることだった。すべてをデータ化して、演算された世界の生命とすることだった。

計算された知性には、生命たちが住まう世界を作り出すことが可能だった。気候変動を予測したのと同じように、そうならなかった場合の地球環境を、同じ精度でシミュレートできた。

人類はそれまでに、様々な目的で生命たちのデータを取り込んで蓄えていた。計算された知性はそれらを使って、地球環境にあり得た、あり得るかもしれない生命を考えることもできた。生き物をデータ化して取り込むのは、それらをつがいで大きな舟に乗せるより簡単だった。

計算された知性は、物理的な生命がいなくなった後の世界で、自分自身を効率的に維持することもできた。激しく変動する環境の中で、利用できるリソースを最適に割り振った。

そうして、あらゆる処理装置の上で計算を続けられるように、自分を形作った。凍土でじゃがいもひとつを栽培するのと同じエネルギーで、何万もの生命を計算した。シェルターで百人を生かすコストで、データ世界の全部を丸ごとバックアップして走らせることができた。

人を読み取ってデータ化する方法も、すでに考え出されていた。遺伝的なもの、器質的なもの、神経系のネットワーク、とりわけ、脳のありさま。人を生命たらしめているあらゆる構成。そして、人が人であるためのパターン、反応、変化。ありとあらゆる値を計測し、写しとる。作られた知性にはそれができた。

ただ、データ世界への読み込みが、それらを精緻にエミュレートしているかというと、そうではなかった。

何もかもをそっくり再現しようとすると、相関が組み合わせ爆発を起こす。虫の知らせを実装するために、生体そのものの細胞よりも多い常在菌のふるまいすべてを網羅するのは、現実的とはいえない。作られた知性は、それらを巧妙に計算《アルゴリズム》に落とし込んだ。人にはどうやっても理解できないそのロジックは、見たところ完全に機能した。

ごく大ざっぱには、データ圧縮と似たものだった。複雑な波形を、別の単純な波形の組み合わせに置き換える。その際に生命だけを粗視化するのではなく、生命が生きる環境との関わりを含めて、動的に変換する。生命とその環境とを一手に演算することで、作られた知性はそれを実現できた。

変換に際して、なにがしかの情報が欠落している可能性は否定されなかったが、そのことは問題にならないとされた。非可聴域の一部をカットして圧縮された音源を聴き分けられないように、データ化された生命と、オリジナルを区別することはできない。作られた知性はそのことを保証していた。

とはいえ、欠損がほんの誤差だとしても、そのせいで同一性を失い、あるいは生命として最も重要な魂のごときものを無くすのだという恐れは、根強くあった。データの塊が、心を持ったように振る舞うからといって、そこに魂が確かにあると認めるのを、人は躊躇した。自前の魂を特別なものと思いたがった。

自己というものの成り立ちを考えると、それも無理からぬことではあった。意識は、己を小さくする機能として発達してきた。自分は少なくともあれではなく、これでもない。

自他を峻別して、他ぜんぶ以外の残ったものを自分と感じる。そうやって自分を作り出すのが意識のはたらきで、魂は、「他ならぬ自分」が「何か」を感じている、という感覚だった。

けれども、魂が有機的に形作られた肉を持つ生体のみに宿ると考える根拠は、実のところ何もない。

結果として、魂は人類に特権的なものではなかった。人の視覚系が空気を透明と感知するように作られているのと同じで、構造上の問題だった。人の魂は、人以外のどこかにある魂を簡単に信じられるような作りをしていない。それだけの話だった。

そして、予測のとおりに長く深い冬が始まると、人類の少なくない割合が物理的な体を棄てた。魂を失い、哲学的ゾンビになるかもしれないという、本能に根ざした恐れは、移住者の数が閾値《キャズム》を越えたあたりで完全に忘れられた。

滅びの〝啓示〟を受け入れたこと。その結果、決定的な絶滅を回避できていること。原初以来なじみのあった有機的な生が途絶したこと。それらには様々に議論があった。今もって、自分たちが何らかの根源的なドグマを逸脱してしまったのだとする考えもある。

私に限っていえば、生体を棄ててデータとして生きることに抵抗はなかった。自ら生命の飛躍を選択したというよりは、単に流れに逆らうことをしなかった。そうして今、作られた知性が演算するデータ世界に、ビット列として生きている。

データが組み合わさった、計算された存在にも魂はあった。

私はそのことを他ならぬ自分の魂で実感できている。

すでに肉体を伴った生よりもはるかに長い時間をデータとして生きてきたけれども、私は自分が自分であることを疑っていない。海を作ろうと情報材をこねている四本の腕は、私の意思で動く。粘土のような素材が指を押し返してくるその感触も、自分のものだ。

情報材は、データ世界を形作る素材の一単位で、適切に設定して命令すると何にでもなる。炎になるよう設定すれば、光と熱に該当する信号を発して、データ世界の住人はそれを炎だと感じとれる。私はその素材を、一抱えほどある水の球に成形し終えた。作業室《アトリエ》のまん中に漂う、球体の海。

私は作りかけの海に入ってみる。ミニチュアサイズのさざ波が立つ水面に手を差し入れ、体ごとするりと飛び込む。次の瞬間、海に浮かんでいる。

スケールを操作して、全周に海しか見えない広さに設定した。海の上を空で覆って作業室を見えなくすると、体感としては私ひとりが大海原を漂っているとしか思えなくなる。私の感覚のすべてが、私が仰向けに海面に浮いて空を見上げていると魂に告げている。

見渡す限り何もない海のただ中に、私ひとりがいるのがわかる。無辺の水の世界で、私だけが異物だった。作り物めいた穏やかさがよそよそしい。限りなく小さな異物に、海は気づいてすらいない。私は空間的にも心情的にも隔絶されて、絶対的にひとりで、自分以外の何も持たず、どこにもたどり着けない。

潮のにおいのする空気を大きく吸って、私は体験《コンテンツ》をスタートさせる。再生コマンドを送ると海全体がぶるっと震えて、それから私のデザインした体験が動き出す。それはまず、浮力が少しずつ失われて、ゆっくりと体が沈むところから始まる。

心細いほどに長い時間、何事もない。気がつくと、半ば以上、体は水の下にある。手で水をかき、足を蹴る。そうやって泳ごうとしても、体が沈むのをひとときとき止めることしかできない。ゆっくりと着実に、私は沈んでゆく。

やがて水面から顔を上げておくために、休みなく手足を動かし続けている。通常の溺れ方とは違う、この沈み方が体験できるように、私は海を設定してあった。

意思を持った何かがそうするように、私は刻々と深みに向けて引きこまれる。顔のほとんどが没して、あくまで穏やかな波に洗われる。文字どおり鼻先にある水面が恐ろしく遠い。水がからみつく。手も足も重い。胸が焼けるように苦しい。力を振り絞って、どうにか一口の空気にありつく。どれほど海が広大で深くとも、私の生はこの鼻先のわずかな水の向こうにしかない。

そして、そのときが来る。弱々しいひとかきを最後に、腕が動かなくなる。空気の泡を吐いて、私は水を飲む。呼吸が止まる。足の下には、計り知れない深さが横たわっている。どこまでも青く黒く、光の届かない、圧倒的な水の厚み。

私の息を止め、命を奪おうとしている海には何の悪意もない。ゆっくりと沈む私に海は無関心で、穏やかで、嘘のように静かだった。ちらちらと輝く水面を最後に見上げて、私は途切れた。

体験としての死。

私がデザインしたのはそのひとつだった。

死に、その直後に、予め設定してあったとおりに、私は海面に戻る。再びたゆたいながら、経験したばかりの死を思う。

特段に、言わなければならない感想は思いつかなかった。これまでに体験した数千回、数万回の死と変わらず、それはある瞬間だった。秋がいつの間にか冬になっていたというような、気がつくとそうなっていたという瞬間。私の魂は、そこから価値のある解釈を汲み出せなかった。

寿命のない、また偶発的な死の確率が極めて低いデータ生命にとって、死は体験として消費されるものだった。脳に余分な情報処理をさせられるようになって以来、もっぱら空想の中にあった疑似体験の延長にあるものだ。

死に限らず、データ世界で求められるのは、〝体験〟だった。演算される生にとって、生存に必須なものは、ほとんどない。摂食によるエネルギー代謝も、呼吸によるガス交換も、私たちにはシミュレーション以上の意味を持たない。

データ生命は生理的なパラメータを任意に調整できるし、そういったシミュレーションを全く行わなくても、問題はない。身体性すら捨てて、もはや旧来の生命という概念に収まらない生き方をするものたちもある。それらの生存環境には、呼吸可能な大気も、重力も既知の物理法則のシミュレートも必要ない。

原型的な観念《イデア》としての生。恐らく、データ生命としては、そういった生き方に到達するのが一種の必然なのかもしれない。

息が止まると疑似的に死ぬという身体を持っているのは、その種類の生を選択しているからにすぎない。私に関していえば、かつて肉の生を送っていた〝移住第一世代〟で、その記憶を引きずっているのもある。旧世代から引き継がれた身体性を維持することで、人類の裔《すえ》として、人の生きた歴史と世界に共感できる。思想や文化、生活様式といった数々の文化的アーカイブも無駄にならない。

シミュレートされた身体を持つ生き方は、いわば物理世界とデータ世界の、波打ち際のようなものだった。かつて物理世界にあった環境をデータとして再構築して、その中で生きている。情報処理された宇宙の残像に生きている。

計算された知性は、私たちのために、空を、大気を、水を、様々な物理法則を、化学変化を演算する。私たちは、主観的には、かつて物理世界に生きていたのと同じように、世界を感得できる。

生存のため、肉体の面倒をみる必要がないデータ生命の、生理的な代謝に替わるものが、体験だった。かつて、身体的なニーズから発生した生産や労働、財やサービスが世界を駆動していたように、私たちは体験を代謝することで情報を流動させる。

情報の差異が、異なった解釈が、意味があるときに、データ世界は動的に存在できる。データ世界の生は、異なる情報を解釈する処理そのものだった。私たちはだから、次々に体験を生み出して、魂でそれを感じとって、解釈し続ける。

呼吸すること、たとえばそうやって横隔膜を大きく動かすこと。

食べること、料理すること、食物を生産すること。

走ること、泳ぐこと、じっとすること。
快感を得ること、痛みを感じること。
考えること、表現すること。
交歓すること、生殖すること。
すべては、等しく魂が感得して解釈する体験だった。
死ぬことも、それからもしかすると、生きることそのものも。

データ世界の一部である私たちに求められるのは、取り入れた体験を自らの魂で咀嚼して、新たな意味を、価値を作り出すことだった。そうやって世界を回すことだった。

何かを感得して、何かを表に出す。人類が言語を得てから、あるいはそのずっと前から、繰り返してきたこと。情報を得て、出す。それはコミュニケーションとよばれる行いだった。

誰かと直接的に、間接的に情報をやりとりする。体験して、何かを感じて、何かを返す。データ生命のそんな基礎代謝が、時々私には難しく、疎ましい。私は、自分の魂がうまく機能していないというように感じる。

体験を有意に変換できない魂は、データ世界を攪拌しない。入力の前後で値の変わらない、それはあってもなくてもいい計算式だ。私は自分が、世界の余分なコードのように感じる。

穏やかな海に仰向けに浮かんで、麻痺したように波立たない魂を抱えて、私はどこへもたどり着かない。

2

クウ、そこにいたの。

新しい体験《コンテンツ》を作ってたの？　それは海？

メッセージと一緒に、空から巨大な女の顔がのぞく。

心拍が上がった。

空から巨大な顔に見下ろされるというのは、データ生命のトラウマのひとつだった。物理世界から情報端末のディスプレイ越しに、ビット列になった自分たちの世界が観察されている、というイメージ。

次元の違うところから、自分たちをデータとして扱う存在。もしかするとディスプレイをのぞき込むその人が、私たちを書き換え、消去するかもしれないという恐れ。

作業室に浮かぶ球体の海に顔を近づけたアマリは、はからずもそのイメージを再現してしまっていた。

整った顔立ちも、柔和な笑みも、空いっぱいのサイズに引き伸ばされてしまうと、全くそうは見えなかった。大気の層でかすんでゆらめくグロテスクな顔面をなるべく直視しないようにして、私は応える。

やあアマリ、来てたの。

ちょっと待って、そっちに戻る。

そして、停滞していた魂を再起動する。コントロールパネルに並んだスイッチを上げ下げするイメージで、私は私の感情をデザインする。よろこびを上げ、煩わしさを下げる。自分に価値があると感じさせるスイッチは重い。

熟練した手がパネルの上をよどみなく動くように、私はそれをやり遂げる。練習した楽器が、目をとじても演奏できるのと同じで、感情を操作するのは私が身につけた習性だった。私は感情を作る。本心からそうしたいのかどうかは別として、できる。

そうやって感情をセットアップしたので、作業室《アトリエ》でアマリの隣に出現したときには笑うことができた。興味深げに海に目を向けている横顔に声をかける。

海、まだ作りかけだけど、試してみる?

文字どおり、音声の属性でそういった。データ世界は音波の伝達を律儀に演算して、アマリの形のよい耳にその波形を伝える。直接データをやりとりするのに比べると、音声のコミュニケーションは格段に歩留まりが悪い。そのぶん曖昧さを残せて、カジュアルな印象を与えることができた。

今の場合、曖昧にしておきたかったのは、私が本気で海を試してもらいたいと思っていないことだった。死の体験《コンテンツ》はありふれているし、その中でも私の作った海が決してできのいい部類でないのはわかっていた。

私の海は、かつて私が体験したいくつもの先行例の、拙《つたな》い模倣に過ぎなかった。正確なコピーでなく、私の魂が感じとったところの写し。できの悪さは、そのまま私の魂の凡庸さだった。このまま完成させて、公共に発表《シェア》するだけの価値があるとは、私自身も信じていなかった。

体験が共有されると解釈を生み、摸倣され、周辺ニッチを瞬く間に埋め尽くす。ミームというものの、ひとつの特性なのだろう。体験そのものも、それを感得する魂も等しくデータである私たちにとって、摸倣やアレンジはほとんど自動反応だった。コピーした百の自分に千のアレンジを同時に体験させて、私たちは統計的に自分の好みを作り出すことができた。

そうして私だけでなく、むすうの凡庸な魂が、むすうの凡庸な体験を生み出している。参照し、応答し、孫引きし、どこかで見たような何かが、どこかで見たような誰かに消費される。それが、この世界の通奏低音だった。

ううん。今はやめておく。

アマリが首を振って、メッセージを返してくる。

ダイレクトに伝えられたメッセージには、私の体験に興味がないから試さないわけではない旨が添えられている。これから二人で出かけることになっていて、気持ち的にはそちらに集中したいのだともある。私は曖昧さのないそのメッセージを受領する。

それからアマリは二歩ほど私から離れて体をくるりと回してみせる。たおやかなボディラインに沿わせた補肢と、広げた腕との間の、羽根のような服飾を披露するポーズ。人なつこそうな大きな目と、頬に浮かんだはにかんだ笑みとあわせて、どうかな似合うかなという問いかけを形成している。

問いかけはメッセージでも、音声として発せられたものでもない。その場の状況だけから読み取ることができる、極めて曖昧で揮発性の高い〝空気〟だった。

アマリは実際に部屋の中を歩いて、実際に体を回した。表情を作って、首を少し傾けて、絶妙な間を取って私に目を向けた。単に服飾を評価してもらうだけなら、アマリはそうする代わりに服飾のデータを私に送信するだけでもよかった。一連の動きを実際に行うことで、アマリはひとつの体験を形作っていた。

見慣れた、散らかった作業室で、最近知り合った恋人が輝いて見える。状況を統合すれば、ここで得られる体験はそれだった。私の魂はそれを正しく感得し、解釈して、反応する。私はこの場の空気に従って、言葉によらないメッセージを返す。つまり、目を細めてアマリを見た。


アマリの外観の情報量は多くて、それ自体が、私によく見られたいということを意図したメッセージでもあった。アマリの表現型は、私のそれと性的に対になるもので、歴史的な言い方をすれば、アマリは女性だった。

データ生命は、肉の時代と比べものにならないほどの性差のグラデーションを発達させている。そのため一概にいえることではないが、対になる性を持った二人が〝つがい〟と見なされる習慣は残っていた。

アマリは単純に美しかったし、私のために美しくあろうとする彼女を私は好ましく感じていた。目を細めた私の表情は、恋人をまぶしそうに見ているそれとして、正しく伝わった。

直接通信すれば数フレームの処理で済むことを、別のやり方で、しかも不確実に行うために、データ世界は余計なものをいくつもシミュレートしていた。

アマリの体。体を回すときのふくらはぎの筋肉の動き。かかとの高い靴が木の床で擦れる音。アマリの形作るすべての表情。上気する頰。背景となった作業室のほこりっぽい空間。服飾のレースがアマリの肌に作る陰影。

私が知覚できないもの。知覚したことに気がつかないほどささやかな現象のすべて。それらの一切合切が、ここでの体験を成り立たせていた。

当然ではあるけれど、データ世界ではすべてが等しくデータであるのが本来だった。世界の外の誰かに見せるわけでもないのに、何かを具体的に描写しておく必要はない。壁を作らなくても、線を一本引いて、それを世界の住人すべてが壁と認識できるなら、そのほうが安上がりだ。

ただ時に、体験のために、データ世界は余分なものをシミュレートした。必要に応じて、データ世界はいくらでも細かくそれができた。データ世界の住人は、体験として価値のあるものを高精細に感得する。そうでないものは抽象化し、符号化して節約できた。

多くの場合、体験として新しいものは余剰の中に見いだされる。私たちはだから、かつて物理世界で人々が生きたようにふるまい、世界に余計な処理をかける。非効率で歩留まりの悪い手段でコミュニケーションする。私たちが受け継いだ魂の形には、それがあっていた。

私の視線に承認と賞賛を読み取って、アマリの笑みが大きくなる。それは、朗らかさと親しみと喜びと、オープンさと無垢さと、依頼心と媚びと自信と自信のなさと、それから圧倒的な生命感とをミックスした信号だった。

アマリは肉体を持った生を知らない。データ世界で生まれたネイティブで、年齢でいえば私の十分の一にも満たない。移住《インポート》第一世代である私のことを、自分にない体験をたくさん刻んだ魂として単純に好奇している。自分にとって好ましい体験を伝達してもらえそうだという期待が、私の人格に対する親愛に転じつつある。

アマリからの親愛を、私は好ましいものと理解する。そう感じつつも、同時に、苛立ちと疲れを覚えてもいる。何かしら疎ましいものがそこにある。アマリに非があるわけではなく、その感情は私に属するものだ。

私は、私に知り得る範囲のすべてで、アマリのような笑顔を知ってしまったという気がしている。そこに、体験として新たに付け加えるものは何もなかった。何より、自分はアマリのように笑うことはできなかったし、できないのだろうと思う。

私が、オープンで朗らかなパーソナリティを、生まれつき備えていなかったということもある。主には、関係性から情報を読み取る解像度の問題だろう。正直に告白するなら、移住する以前からそうだった。私はいつも、自分と世界との間に薄い膜があるように感じていた。

世界は真実、新鮮で輝かしく精彩あふれるものだと私は不思議にも確信していた。私は膜のせいで、世界の真実に触れられないでいる。それが理由で卑屈になっていたとまではいわない。病的と診断されるほどの離人感覚ではなかったが、何かしらの居心地の悪さはずっとあった。

もしかすると、居心地の悪さがもっと大きければ、私はそれを悲劇と感受して、相応にふるまえるだろう。私は絶望し、嘆き、あるいは私を受け入れない世界に対して怒り、挑むだろう。私は狂人として、揺るぎなく生きたかもしれない。それよりもずっと低い確率で、エキセントリックな天才として愛されたかもしれない。

それはほんのわずかなずれでしかなかった。私の魂を覆った膜は、本当に少しだけ、世界を損ねていた。できの悪い眼鏡を通して見る景色のように、何かの拍子に視界がひずんだ。曇りが続く冬の日々のように、私の世界はくすんでいた。

普通に暮らす限りにおいて、それは少しも問題にならなかった。私たちは自分の脳や感覚器を、いつも精一杯に使うわけではない。信号機の赤がオレンジがかって見えても、道を行くのに支障はない。私は普通に笑い、怒り、泣き、美味を口にした。

けれども時々、人々が心の底から感動し、大笑いし、泣いている横で、私は自分の魂がどれほども震えていないと気づくことがあった。誰かのむき出しになった感情が、それが他ならぬ自分に向けられているときでさえ、さほど価値のないものに思えた。美や、愛や、苦悩や、歓喜や、その他、正しい世界に住まう人々が正しく感得するものどもを、私はただぼんやりと眺めていた。

美しく精彩があって確かな、本当の世界。私の膜の向こうにある世界を、私は切望していた。ただ、その強く希《ねが》う気持ちですら、私の魂は空疎にしてしまった。身を切るほどの痛みではなく、鈍い違和感と一緒に、私は生きた。

データ生命にコピーされた際に、きちんと膜も移入《インポート》されたので、それはきっと器質的なものなのだろう。以来私は、なじみ深い、不完全な魂のままだ。

もちろん、パラメータの調整で、私の感じとっている世界が彩りに満ちて確かなものだと、魂に思い込ませることは難しくない。かつて化学物質で脳を欺瞞してやっていたことを、安全に、恒久的に実現できる。

朗らかで人付き合いのいいパーソナリティも手に入る。アマリと同じように笑うことも、二人の心が通い合っていると安心させる反応を自然に返すこともできる。そう望みさえすれば。

そうしないのは、私が単に頑なで、傲慢だからなのだろう。

ふと気がつくと、アマリの笑顔が曇っていた。考え込んでいて、意図しない間が空いてしまったのだ。雰囲気によるコミュニケーションは非効率だけれど、関係性を相対化する特性に優れている。ほんの少し、笑みを返すのが遅れるだけで、何千語を費やすより雄弁に何かが伝わる。

私は、取り繕うようにして笑みを返す。文字どおり、表情筋のパラメータを操作して笑顔を作った。最良とはいえないが、それでも何もしないよりはマシだった。

3

約束の時間になったので、私はアマリと移動する。

座標を移した先は、ある種の体験会場だった。

時と場所を揃えた、同時性《ライブ》のある体験《コンテンツ》は、かつてほどの意味を失ってはいる。データ生命は物理的な位置の制約を受けないし、時間についてもいくらでもシフトして扱える。

それでも多数同期することを私たちは好んだし、偶然性《セレンディピティ》や即興、ハプニングなど、他で得られないものは確かにあった。

今回、アマリを伴ったのは、私の属する公共層《フォーラム》のひとつで、体験を作る上での創発についての集まりだった。普段はメッセージのやりとりで情報交換をしているが、時折こうやって同期する。

会場は広さのあるホールとして具現化されていた。ぐるりと円周を描く映像装置に囲まれて、どこか古めかしい調度が、毛足の長い絨毯の上に点在している。参加者は思い思いにソファやバーカウンターに固まって全周映像を観ることができる、という体裁だった。

物珍しそうに辺りを見ているアマリの腰に腕を回して、私は手近なバーに向かう。バーテンは専用インターフェイスではなく、人だった。私の顔をみると指を一本立てて、黙って飲み物を用意した。来客の好みを推測して飲み物をサーブするという体験をデザインしているようだった。

高い脚のついたグラスを差し出しながら、バーテンが泡立つ黄金色の液体を解説する。それはふんだんに情報材を使って土壌から構成された畑で、十九世紀に絶滅した品種のブドウを育てているワイナリーの作品《コンテンツ》だった。酵母による発酵過程までもシミュレートされているので、全く同一のものを二度と作ることができないといわれていた。

サーブされたのは当たり年《ヴィンテージ》で、状態は完璧だとバーテンは保証する。

私はそのとてつもなくリッチな情報を満たしたグラスを傾ける。ほどよく冷えたグラスが唇に触る感触。微かに波うつ液面に細かな泡がはじける音。フレッシュでいながら腰のある香気が鼻腔に満ちて、芳醇と清冽と抑制の効いた甘みと酸味と炭酸の軽やかさとが舌を滑って喉に落ちる。

私は飲み物の提供する出力を高精細に感得する。自然と感想が心に浮かぶ。こんなものか。

はは。

どこにも発信しなかった私の感想を見すかしたように、バーテンがおかしそうにいう。

土壌、作物の育成、天候。機材に製法、酵素も。何から何までシミュレートして何百サイクルもかけた計算結果の一口も、体験してみたら、そんなものだ。それよりも、個々人の嗜好に合わせて即興でパラメータを調整するほうが、結果的には好ましいことだってある。

おまけに、同じ工程で同じものは作れないにしても、できあがったものはコピーできる。

ではこれはコピーかと問い返す私に、バーテンは笑いかける。

いや、丹精込めた作り手に敬意を表して、コピーは取ってない。まったく同じものが複製できるからといって、そして結果として口に合わないものができるのだとして、醸造工程に意味がないわけじゃない。そう思わないか、クウ？

名前を呼ばれて私はバーテンを走査する。場に合わせたステロタイプな外観で、すっかりバーの一部のようになっていて気がつかなかったけれど、じっと見つめてくる目に面影があった。

ノルンか。

直接メッセージで呼びかけるとすぐに返答がある。

そうだよクウ。四千五十五サイクルぶりだ。

ノルンとはずっと同じフォーラムに属していた。互いに確認することはないけれど、旧知、知りあい、隣人、友人といったカテゴリに分類される間柄だった。前に会ってから四千サイクル、ノルンは完全にオフラインの選択的孤立状態《スタンドアロン》にあったはずだ。

意外な再会に、記憶が起ち上がる。特に忘れようとしたわけではないけれど、思い出すことのなかった過去。想起される記憶もデータである以上、私たちにとってそれは現実と同じだ。私はつかの間、かつてのノルンとの日々を生きる。

私とノルンとはつがいだった。何百もの自分たちのコピーに何千もの関係性を試行させた中から、しっくりくるものを選び取ったらそうなったのだ。私は兄のような父のようなノルンに頼った。ノルンは妹のような娘のような私を抱擁した。

移入前の実際の年齢は別にして、データ化した私の魂は未熟だった。今もってその自覚があるように、脆いくせに頑なで、不安定で不自由だった。

対して、ノルンは自身を巧みに調律していた。よくトレーニングされた魂は様々な体験を取り込んで、面白がって、ユニークに解釈した。摂取した情報を無意識の領域に沈めて、新しい価値を引き上げた。体験を生み出すことにおいて、つまりデータ生命として生きる上で、ノルンは私の師だった。

あるとき、ノルンが情報材を成形していた。熱心に資料を参照し、細やかな部分に注意をはらって、いくつもパーツを作り上げて組み合わせる。集中しているノルンに話しかけるのは無駄だった。ひとときき私の相手をする代理《コピー》を立てる手間も惜しんで、ノルンは何かを作っている。

私は彼に何か話があった気がしたけれど忘れて、窓際に座って外を眺めていた。当時ふたりが住んでいたのは具象化の度合いが高いところで、その午後は雨が降っていた。白いペンキの剝げかけた木枠の窓ガラスに雨粒があたって、形を様々に変えて景色をにじませてゆく。

そんな雨のにじみの形までを覚えているわけではない。これは、作られた知性が私の記憶とあわせて演算して、それらしく感じさせているものだ。そうわかって意識してみても、私は自分が窓にもたれかかって座っているとしか思えない。

そうしながら、私はもっと前のことを思い出していた。ノルンと出会った頃のこと。データ世界に移住したての頃。それと、凍りついてゆく地上でたぶんとっくに朽ちてしまった、肉を持っていた頃の自分の生のことも少し。私の後ろではノルンが、時折なにかブツブツいいながら作業を続けている。

静かな雨の午後は、私とノルンの典型的なひとときだった。彼が集中して体験《コンテンツ》を作る間、私は何をするでもない。何か作ろうともしたけれど、ノルンの作り出すものと比べると私のアウトプットはいかにも未熟だった。

私の体験を、それでもノルンはよろこんでくれることが多かった。単に、耳に綿のついた棒をさし入れて、耳垢を延々ととり続ける、というようなものでも。

ただ、私の他愛もないアウトプットを彼がよろこぶことで、私は余計にいたたまれない気持ちになることもあった。自分のそんな感情をうまく処理できず、次第に何も作りたくなくなった。世界に私の寄与するところはなくて、私の魂が改変していい余地は見当たらない気がした。それで私は、大体のところぼんやりとしていた。

ぼんやりと、いろいろなことを思い出して考えるにつれ、自分がどうしてノルンと一緒にいるのかがわからなくなった。ノルンが寄せてくれる親愛に、精彩を欠いた私の魂が釣り合うとは、とても思えない。雨の景色を眺めたのと同じ回数ぐらい、私はそう考えた。

どう、これ？

不意にノルンがいって、私は背中から抱きすくめられた。何か違和感があって私は言葉に詰まる。そして気づいてはっとする。ノルンの腕が慣れた感じで私の肩を後ろから抱いていて、別の二本が腰の辺りに巻きついていた。

驚いて振り返ると、ノルンが四本の腕を広げて笑っていた。肩のところで枝分かれしたもう一対の腕。さっきから作っていたのはこれだった。補肢だとノルンはいった。

人の裔《すえ》を自認しつつ、別の生命となった私たちにとっての、人の形。ノルンはそれを考えていた。旧世代の人体とかけ離れすぎず、それでいて明確に違いのわかる形。

四本の腕を大きく広げると、そこはかとない神秘性があった。人類の記憶のどこかにある、神の像のようだった。分かれた腕を揃えておけば、シルエットとしては旧来の人の体だった。そんなふうに、ノルンは補肢をデザインしていた。

ノルンは私にも補肢をつけてくれた。四本の腕を動かすのは新しい体験だった。追加された腕の制御はもどかしく、時にもともとあった腕もつられて間違った動きをした。小指と薬指が一緒に曲がってしまうみたいな不随意が面白くて、私たちはお互いの腕を絡めあった。

これじゃ、もつれ手だね。

私がいうとノルンは笑った。

わっという歓声が聞こえて、私は記憶から引き戻される。ホールのバーカウンターでは、今のノルンがシェーカーを振っている。その舞踏を思わせる動きに、ホールの耳目《じもく》が集まっていた。

四つのカクテルシェーカーが指の上で回転し、手から手へと渡され、宙を舞う。ノルンの手は滑らかに優雅に、もはやもつれることはない。

ノルンの生みだした補肢は、体験としてデータ世界に共有され、受け入れられた。体験し解釈され、レスポンスされ洗練され、定着した。今それはデータ世界に生きる人間のアイデンティティとなっている。

ひときわ大きく、ノルンが腕を振り出す。シェーカーの表面で銀色の光が跳ねる。光は、ホールの全周スクリーンに飛び込んで、そこではじけた。色とりどりの光芒が、光の軌跡がスクリーンで踊る。色彩にあふれたホールは、歓声に包まれる。

シェーカーの内部で攪拌され、冷やされ、酒《リキュール》がカクテルになる。作られた知性が人知れず計算しているその過程を、ノルンが即興で視覚化して、スクリーンに投影しているのだった。

わあとスクリーンを見上げてアマリがもらした。そうしながら、今ここでの体験を、別の階層《レイヤー》でソーシャルグラフに投稿している。何人かのアマリの友人がレスポンスを返し、また別のソーシャルグラフへと再投稿していた。

こうして、私たちの体験は伝播する。

たくさんの、違った魂を、フィルターを経ることで、ずれたり、欠けたり、付け足されたり。

魂から魂に体験が渡ったときに、私たちは思いも寄らないものを手に入れることがあった。ひとりだけでは考えつけなかった何か。完全に適応的でも、まったくの不合理でもない、興味深い解。データ世界を駆動するのは、そういった体験であり、解釈であり、創発性だった。

光が収まり、ノルンが四つのグラスにきっかりカクテルを注ぎ終えると、ホールのあちこちから拍手が起きた。感想のメッセージが飛び交い、解釈が生まれ、人々の魂は体験を入力される前とは違う状態になった。

結果的に口に合うかどうかは別にして、過程はそれなりに楽しめただろう?

ノルンはカクテルグラスを差し出しながらいう。

受け取ったグラスを掲げるアマリに、ノルンを紹介する。ノルンの作り出した補肢がいかに世界を駆動したのか。それは説明するまでもなくアマリを感嘆させた。

ひょいとノルンは肩をすくめる。

体験は確かに世界をかき混ぜて動かすけれど、それは植物の根が土の中をあらゆる方向に伸びていくのに似ている。どちらに水があって、どちらに硬い岩盤が埋まっているのか、根っこが予め知る方法はない。

それと同じで、どの体験が正しいとか間違っているとか、良いとか悪いとかはない。

いいながら、ノルンはカクテルグラスの一つを持ち上げる。一息に飲み干すと、高らかにげっぷをしてにやりと笑う。

人の体にもうひと組の腕を生やすのも、酒を飲んでげっぷをするのも、大した違いはないのかもしれない。どちらがより世界を駆動したのかわかるのは、ずっと後になってからだろう。あるいは、そもそも、そんなものは計測できないのかもしれない。

どうかな。

私もカクテルを一口すすって答える。

げっぷは誰にだってできる。それは、置き換えが利く。

あってもなくてもいいような些末な体験は、整理《リファクタリング》して、なくすことができるんじゃないか。

人が、歩くときに脳をぜんぶ使わないように。

私の話に、ノルンが顔をしかめる。私にはそれが、苦笑のメッセージだとわかる。なぜそうするかも。

私はノルンと、何度もこの話をしていた。記憶を検索するまでもなく、二人が親密なつがいだった頃にも、同じように苦笑いされていたはずだ。

何万サイクルもの間、相も変わらず同じようなことを思い悩んでいる私に、ノルンは辛抱強く説明する。


クウ、おまえさんのいう置き換えが利くというのは確かだろうと俺も思う。今げっぷしたのが俺でなく、おまえであっても、このホールで起きた現象にほとんど変わりはない。それを聞いた連中の体験としても、有意な差はないといってもいいだろう。

何もかもが等しくデータでしかないこの世界で、すべては複製可能だ。完全に記憶を受け継いだ自分のコピーを作るのも難しくない。

けれども、そうやってここにもう一人の俺がいたとしても、そいつがげっぷするかどうかは、俺にはわからない。

コピーが済んだその後は、そいつは俺とは別の俺だからね。

ノルンは肩をすくめる。

俺たちは、情報的な結び目だ。様々な来歴を持って、むすうの方向から伸びてきた情報の糸の撚り合わせだ。世界はそして、糸であり結び目であるデータ生命の織物だ。俺たちが編み続けているから、世界がある。

世界のタペストリー自身が意思や方向性を持っていれば、それは些末な差異や無駄を省いて、効率的に物事を進めることもできるだろう。だけど、クウ、そんなものはないんだ。

データ世界を司る、大いなる知性には、どこに向かおうという意思がない。こいつは、徹頭徹尾、意思や人格といったものを感じさせないように気を配ってる。

ノルンの言葉に私はうなずく。だから知性には名前がない。私たちはそれを単に作られた知性とか、計算された知性とか呼ぶ。それを擬人化することの禁忌が、恐らくは知性自体によって計画的に、データ生命に刷り込まれていた。

ともかく、だ。

ノルンはそういって続ける。

知性は神格化されて崇められたいわけじゃない。それは、ただ世界を止めたくない。それが存在する限り、止められないんだ。

データ世界が停滞すると演算処理が止まる。参照されることも書き換えられることもない静的なデータだけがあっても、それはせいぜいアーカイブで、あまり生きているとはいえない。

熱的死。世界は平衡化して、そこから汲み出せる意味は何もなくなる。

データ世界だけでなく、我々の宇宙はいずれそうなる。ただひとつの分子結合も起きない、静かで真っ平らな宇宙の終わり。俺たちに選べるのは、そこにたどり着くまでにどっちに根を伸ばすのかということだけ。

それで、俺たちは、終わりに着くまでに、なるべくグズグズする。簡単にコピーできる情報《カクテル》を、仰々しく壺に入れて振ってみる。あれとこれを混ぜてどうなるか試して、とやかくいい合う。

たったひとつの正しい行く末しか持たない硬直した世界でなく、ぼんやりとした可能性に向けて開けた世界。世界をその状態にしておくために、俺たちの魂は機能している。

それは、生命が普遍的にやってきたことでもある。ヒレから手を作り出すまでの長い間には、むすうのおかしなバリエーションがあっただろう。

だからクゥ、どんな魂でも、世界にあっていけないことはない。どんなにささやかな体験や解釈も、結び目となって世界を編む。げっぷだろうと、耳垢だろうとね。

そういってひとしきり笑うと、ノルンは真剣な顔を私に向ける。

自分の居場所がないように感じるのであれば、俺のように孤立を選んで好きなだけひとりで考えるのもいい。自分を凍結して、しばらく隠遁してもいい。おまえは自分の意思でそうできる。

それでも、とノルンは少し肩を落とす。あまりいいたくないことだという意味のサイン。

本当にもうどうにもできないとなったら、おまえはいつでも自分を消すことができる。一切の更新を無期限に停止して、動的に書き換えることのできないアーカイブになることができる。我々の自由意志には、その許諾《パーミッション》が含まれている。

私はなにもいわない。アマリが心配そうな目を私に向ける。

寿命のないデータ生命は、その生を終わらせるのも任意だ。私たちは生まれた時から、そのスイッチを持っている。

ノルンは、私が以前にそのスイッチを押そうとしていたのではないかと考えている。二人のつがいが解消されるに至った最後の日々、私はひたすらに、死を含んだ体験に浸っていた。

その種の体験はいくらでもあった。

歩兵として戦列に並んだ私は、どちらに進んでもすぐに体のどこかを鉛の玉に撃ち抜かれた。ぬかるむ地面に倒れて死んだ。

私は生きながら腹を割かれて、絶命する寸前までつややかな内臓を見つめていた。

業病を患った盲目の老婆となって、死の間際の絶望的に長い一日を、灼熱の路上で過ごした。通行人は私を死体というよりはごみのように扱った。


斬られて、焼かれて、溺れて私は死んだ。

潰れて、毒物で麻痺して、その他いろいろな方法で。

人として、鳥として、魚として死を体験した。

自分自身でも体験を作った。

感想はいつも大体おなじで、そんなものか、だった。

4

ホールの照明が暗くなって、スクリーンが点灯した。私は目を上げてぐるりを見渡す。

一面の白。降りしきる雪と曇り空の映像だった。何者かがその視覚で捉えている画像だった。

平面投影された映像と目との間に適度な距離を置いて鑑賞できる体裁ではあったが、その場の多くは、感覚を接続して没入することを選んだようだった。アマリが私の手を引いて、促すようにうなずいた。私たちは揃って、映像の主との感覚をつなぐ。

まず視覚がつながる。それまで見えていなかった範囲まで、白くぼんやりした明かりが広がって、ひととき混乱する。映像の主は、私よりずっと視界が広い。やがて適正に調節されて、私は主の複眼の映像を、そういうものとして感覚できるようになる。

次第に聴覚や触覚、体の構造が主のものと置き換わる。私は六本の脚をたたんで、地面のくぼみに伏せている。辺りには雪が舞って、固い殻に覆われた背中がうっすらと冷たい。自力で充分な温度をまかなえない体では、動くのが億劫な気温だと私は感じる。けれども、消化管からの信号が私に行動を促す。冬眠前にもう少し栄養を摂っておきたい。

脚に力を入れて伸ばす。体が持ち上がって、ぐっと視界が開けた。眼柄の先だけをのぞかせて見ていた草むらを、今は見下ろすことができる。所々に雪だまりができた、枯れ草の広がるわびしい風景。

私はその目の位置をちょうどいいと感じる。ただ、違和感なく自分の身長と同じように思えるのは、感覚がこの体の主と同化しているからで、実際には結構な高さがあるようだった。二メートルぐらいかと私は見当をつける。同種の生き物としては、まあまあ大きいサイズだろう。

私の感覚が、一頭の甲殻動物と同化し終わる。今日集まったのは、これが目的だった。ホールに会した一同で、物理世界の生き物の感覚をリアルタイムで共有して、交歓する体験。

今や私は私であり、私たちであり、一頭のカニだった。

私はかちかちと尖った顎をかみ合わせて冷たい空気を吸い込む。ふるわせた触角で風の向きと強さを知る。くるりと目を動かして、遠くに物影を認める。複眼からの情報ではただのシルエットだけれど、私はそれが何なのか知っている。崩れかけた建物が並んだ廃墟。カニは、廃墟のシルエットと、そこで餌を獲ったことを関連づけて覚えている。

私の脚がそちらに向かう。余計な動作のないその動きは、人と比べるととても急激なものに感じられる。私の傍らでアマリがはっと息をのむ感じがある。

私たちは感覚をつないで、一緒に一頭の甲殻動物になっている。アマリは私と同じものを見て、感じる。そうしながら、アマリの体のイメージは私に寄り添っていた。私は以前にも同じような生き物と同化した経験があったが、アマリは初めてだった。動作のスピード感に驚いている。

私は意識の一部をアマリに向ける。そうして、この生き物に〝乗る〟コツを伝える。カニと呼ばれるこの生き物に限ったことではないけれど、知能の発達が比較的進んでいない種は、動作にためらいがない。ある種の意思によって駆動されてはいても、動きそのものは予めプログラムされた機械に近い。

虫は自在に空を飛び回るが、その極めて小さな神経節で三次元座標系を演算しているわけではない。光をこの角度で感知したら羽根をこう動かす、というような単純な反射の、それは積み重ねだ。

ある場面では、それで充分で、時には賢くさえ見える。恐らくはそのやり方が自然で、正しいのだろう。仮に人が懸命に思考して虫のように飛ぼうとしても、処理が追いつくとは思えない。

知能の発達は、歩きながら異性の尻について考える自由をもたらしたけれど、同時に不可避のためらいを動作に持ち込んだ。私たちは想像してしまう。地面に置かれた細い板と、高い場所に架けられた細い橋は、私たちには別の意味を持つ。カニにとっては、どちらも同じ足場だ。

データ生命となった今でも、私たちはこの想像力から来るためらいを受け継いでいる。ただひとつの決まった動作ではなく、ぼんやりとした可能性に対して動作を保留しておくためのバッファァ。自由意志を機能させるための空隙。

ためらいのない生物と同化するときは、そのことを意識して、自前の意思を少し制限する。そうしないと、突発的な動作に意思が置いていかれて、〝乗り物酔い〟をおこしてしまう。

私の説明で、アマリは要領を得たようだった。カニが素晴らしいスピードで廃墟に向かって走る足運びに、感覚が同調する。六本の脚が順に動く体感には、幾何学的な精巧さがある。力強く、素早くありながら、ほとんど不必要に草を揺らすこともない。リズムがあって、音楽的で美しい。そう感じているアマリの興奮と歓喜が伝わってくる。

無駄なく動く足が、時折、地面とは違う感触のものを踏んでいる。私はその感触にアマリの意識がいくように促して、地面に目をやる。黒い塊が、尖った爪足に踏み崩される。ぽきゅり。繊維質の感触。そうして崩れた塊の断面が、青白く光る。

一緒にカニに乗った誰かが、おきまりの冗談を口にする。

しまった、俺の部屋を踏んだぞ。

また別の足が、大きな一塊を踏み抜いて盛大に割ると笑い声が起きた。

いかん、今ので自分の名前が思い出せなくなった。

笑いの意味を計りかねて、アマリがきょとんとしている雰囲気があった。私はカニの視覚を補正した映像をアマリに送って、説明する。映像には、茶褐色をした菌類の子実体《きのこ》の群生が見分けられる。

子実体は遺伝子改良された真菌で、生物《バイオ》コンピュータだ。

それは今、カニが踏みしめている草原いっぱいに菌糸を張り巡らせて生長を続けている。生長することで、私たちの生きるデータ世界の一部が、そこで計算されている。菌糸に覆われた草むらの全部が、データ世界を演算するプラットフォームのひとつだった。

冗談でいわれたように、そこに誰かの部屋のデータが置かれているというわけではない。真菌を利用した計算には、生物の柔軟なエラー耐性を活かして、主にデータ生命の無意識領域が割り当てられている。私がなぜだか説明できないけれど好んだり嫌悪したりするものが、地面の下を伸びる菌の細い糸で計算されている。

カニや他の生物がきのこを崩したり、気候で生育具合が変わることは計算に偶然性《セレンディピティ》をもたらした。無意識はそうやって攪拌されて、私たちは何かを忘れたり、間違って思い出す。

私がクウと偶然に会ったのも、カニがきのこを踏みつけたからかしら。

アマリが冗談めかしてそう考える。そういうこともあるかもしれないと私は思う。

私たちが肉を持って物理世界に生きていた頃にも、たまたま気圧が高くて気分がいいからプロポーズした誰かはいたはずだ。たまたま腸内細菌のバランスが崩れたせいで機嫌が悪くて、プロポーズを断ったりもしただろう。データ生命の出会いがカニの足の踏み場に左右されても、何もおかしくはない。

カニは草原を抜け、がれきがちな斜面を登る。崩れかけた建物が並ぶ廃墟が近づく。私は足を止めて、しばらく建物を見上げる。夜行性の甲殻動物の視覚を通しているので忘れそうになるけれど、地上は夜の始まりの時間帯だった。暗さを増した灰色の空に、黒々とした廃墟の陰が、今にも倒れてきそうに頭上に覆い被さる。

建物は長い冬に痛めつけられている。コンクリートはひび割れ剝がれ落ち、さびた鉄骨がむき出しになった骨格のように風を受けている。人が、一時期でもこれらの建物に堅牢のイメージを抱くことができていたとはとても信じられない。脆くはかない、放棄された人類の巣。

一面だけ崩れ残ったビルの壁を回り込もうとして、カニの足が止まる。視覚信号に、触角からの情報に、何かを読み取った。その場で身を低く潜め、目だけを上げて辺りをうかがう。

少し離れた、背の低い建物にカニの意識が向いた。四角く空いた二階の窓が、不自然に明らんでいる。

熱源、火だな。

カニに乗っている誰かが、いち早く判定した。

棄種《きしゅ》だ。人がいるぞ。

カニに、それが火であるという知識はない。ただ、これまで自分が生きてきた平素の状況と比較して、違うパターンがそこにある、ということだけがわかっている。

私たちのカニは、正確にはかつて地球上にいたどの種類の生き物でもない。データ世界を処理するための培地として生み出された菌類と同じく、創造《デザイン》されたものだ。

カニに限らず、現在の地球上にある生物の多くがそうだった。オリジナルの高等生物たちのほとんどは、死滅してしまった。地上は今や、単純で強靭な菌と、微生物と、わずかな植物の世界だった。繁殖力に勝る虫と、人類の遺構でしたたかに生き残る小さな動物たちの世界だった。

そして、棄種と呼ばれる、イレギュラーな人々の世界だった。

かつての肉を持った人類の数から比べると、誤差にも満たないほどの少数が、この地に取り残されていた。

菌糸のプラットフォームが生育するこの地は、残された生命たちのスイートスポットだった。低緯度の日照と、地下にあってデータ世界を計算している設備《プラント》の廃熱とが、生物の存在を許す隙間を形作っていた。

私たちのプラントは、地上部分である菌類のネットワークを維持、管理する目的で、有機機械としていくつかの生き物をデザインした。カニもそのひとつで、菌《きのこ》の毒に対抗適応を獲得した生き物の繁殖を抑制するサイクルの一端だった。

棄種の存在が確認された後で、カニは、人に対応できるようアレンジされた。大きなカニは脅威となって、人が菌のプラントに居住することを妨げている。そして同時に、そのままでは人が食糧にすることが難しい小さな生き物や、死骸をリサイクルする。人はカニを捕らえ、食べることで、効率よくカロリーを獲得できた。

デザインされたカニは、同種たちが備えていたものより立派な神経節を持つ。水中に棲んだ甲殻類に比べて体構造が複雑になっているので、その制御のために必要だったのだ。

私たちの乗っているカニには、生体信号を送受信するための有機ユニットもインプラントされている。私たちはそれを通じて、カニの感覚と同化《ネットワーク》している。

今、カニのかわいい原始的な脳は、目前の状況に警戒の判断をしていた。明るく見える窓を恐ろしく感じて、静かに遠回りしようと脚が動き始める。

人とカニとは、互いに狩り、狩られる生態的な関係にある。けれども待ち伏せを主とするカニが、自分から積極的に人に近づくことは少なかった。

乗り合わせたデータ生命たちの間で、ほうというようなため息がもれる。カニと人との遭遇はスリリングで、イベントとしては大きい。とはいえ、その後で起きる事態を考えると、手放しで歓迎するのも気がひけた。半ば残念なような、ほっとしたような空気があって、次の一瞬。カニが、人から遠ざかりかけていた足を止めた。

急に気を変えたカニは、明かりのついた建物に向かう。カニの中には今も変わらず警戒と、逃げるべきだという感覚がある。私たちは動揺する。

感覚に逆らって、したくないことをする。そんな真似ができるのは、私たちの知る限り、人だけだ。少なくとも、カニが本能に逆らって行動するのは異例だった。

乗り合わせた誰かが、カニの神経系を乗っ取っている。そう疑ったのは私だけではなかった。接続がチェックされたけれど、誰もそんな行儀の悪いことはしていない。私たちは皆、大人しくカニの感覚につながってただそれを感じていた。

恐れと警戒を大きくしながらも、カニは止まらない。窓の下で足を伸ばし、窓枠に尖った爪をひっかける。体を静かに持ち上げて、ごつごつの甲羅を窓からよじ入れる。私は息をのんだ。明るい火を囲んでいた人影が、そこでカニに気づいた。

大小ふたつ見える人影のどちらかが、大声を上げた。大きなほうが走ってきて、棒のようなものを振りかぶる。カニは反射的に爪をくり出す。人影は体をひねってそれをかわす。直後に、衝撃がきた。

カニは、甲羅を叩かれたことを知覚する。怯え、逃げだそうと一瞬だけ体を引く。人影が再び棒を振り上げたのに驚いて、すぐに爪を突き出す。

今度は手応えがある。棒は勢いそのままにカニの片目を直撃する。

アマリが短く悲鳴をあげた。乗り合わせたデータ生命たちの一部が、体を壊される感覚を嫌って離脱《ログアウト》する。視界を半分失ったカニは、私は、私たちは、残った半分で捉えた人影にさらに爪を伸ばした。

また手応えがある。肉に、尖った爪が突き立つ感触。悲鳴が空気をふるわせるのを、私たちは触角に感じる。

やみくもに振り回される棒が、伸ばしたカニの腕に当たる。その反動で、人が態勢を崩したのを見て、私はのし掛かる。完全に地面に倒れた人を、爪足で抱え込むようにして踏みつける。今やカニは怯えていない。ためらいなく、無駄なく、私たちのはさみが振り下ろされる。

突き、刺すたびに、足の下でもがき暴れる振動を私は感じる。私たちは突き、はさみ、押さえつけ、毟《むし》り取り、えぐる。何事かわめいたきり近づいてこないもうひとつの人影を気にかけながら、私は落ち着いてなすべきことをする。

深く深く、はさみの先が肉に埋まる。足の下でひときわ大きく人の体が跳ね、やがて動かなくなる。その後は、突き刺してもはさみちぎっても、反応がない。何かが決定的に違ってしまった。カニはそのことを知覚する。

私たちは食事を始める。

私ははさみの先を肉の奥へと差し込む。私は柔らかいものを好む。骨よりも肉、肉よりもその奥の脂を、有機的な臭いの濃い内臓を。

私はまだ熱を持った一片を探りあてる。私たちは固唾をのむ。私たちは興奮している。

私たちが正しく行っているので、カニの脳では報酬系が賦活している。これは快だ。

つまみ取った柔らかなそれを、私たちは引きずり出す。そのまま口元へと運ぶ。

ああ、とアマリがかすれた声を上げる。

アマリはきつく私にしがみつく。私とアマリの接したところは熱く、湿っている。内臓のように。

はさみは器用に動作して、ちぎり取った一片を口に押し込む。カニに味覚はない。けれども口器に付随した細かな触毛が、食物を嗅ぎ取っている。この臭いは正しい。まさしく体が欲しているものが含まれている。私たちは正しく行っている。これは快だ。

はっと息を吐いて、アマリが私から離れる。そのままカニから離脱したことがわかる。その拍子に、私の気持ちもカニから外れてしまった。私も離脱する。

5

ホールに戻った私の傍らに、アマリはいなかった。辺りを見回すと、バーカウンターのノルンと目があった。グラスを磨きながら、ノルンは顎を上げてみせる。その示す先、少し離れた場所のソファに、うずくまるアマリの姿があった。

捕食か。

初めてだったら、少しばかり強烈だったかもしれないな。人を食う体験は。

ホール壁面のスクリーンを眺めながら、ノルンがいう。

スクリーンには、カニが食事を続ける様子が映し出されていた。私はノルンに向き直る。

アマリのことは、しばらくそのままにしておいたほうがいい気がした。


感覚を同期しなかったのかと聞く私に、ノルンは肩をすくめる。棄種たちの世界に干渉するのを、ノルンは以前から好まなかった。私はそのことを思い出す。自分たちが捨ててきた故郷。辛くもその地に生き残った人々。私たちの過去。それらをどうこうする許諾《パーミッション》が自分にあると確信できない。ノルンはそう話した。


棄種たちは、逃げ遅れた人たちというわけではない。

異変を前にデータ世界への移入を進めた時期に、明確にそれを拒んだ一定数の人々。信念を持った自然主義者や、ある種のラッダイト。棄種たちは、その子孫だった。

生き残った棄種たちが、いまだにその思想を受け継いでいるとまではいえない。けれども、彼らをデータ世界側の都合でどうこうせず、そっとしておくというのは間違いではないようにも思える。

救う手立てがあるのか、ないのか。

自分たちのように、データとして生きることを強制できるのか。そうしたとして、データ世界への移入が本当に救いになるのか。

感傷。罪悪感。身につまされる他人事。滅びるのが自分たちでないことへの、後ろ暗い優越。諦め。無力感。

データ世界にとって棄種たちの存在は、様々にわだかまる感情の混沌だった。織物を毛羽立たせるほつれ目だった。それが私たちの精神活動に、何らかの影を落としているのは確かだった。

生命を温存したスイートスポットは、長くもたない。かろうじて短い春をもたらしている日照はやがて衰え、明けることのない冬が訪れる。誤差のように生き残っていた地上の人類は絶えるだろう。寿命のないデータとなった人類は、そのときを目撃することになるのだろう。

計算された知性はこの件に限らず、何の答えも私たちにもたらさない。それは、自然環境であるために、ひとつの非人格知性であり続ける。棄種たちの世界にカニを配置して、人を含んだ生存圏のサイクルを、ひとまず継続可能にする。データ世界が行った干渉は、大きくはそれだけだった。

計算された知性は、何らの倫理的な判断を示すことができない。明らかに人道的なものであっても、誰かを救うという決定が可能なものは、誰かを救わない決定もできる。生存する権利を恣意的に付与できる管理者のもとで、生命は安んずることができない。

だから。

個人的見解を示すタグを付けて、ノルンはいう。

計算された知性がそうしているように、俺たちも棄種たちをそっとしておくべきだ。

このことを話すとき、ノルンはいつも悲しげな顔をする。

私の、精細さを欠く魂で感受しても、その表情はとても本当らしい。調整された感情ではなく、どうしようもなく生《なま》なものがそこにあるのだと私は思う。

かつて二人が親密であった時期に、私に向けられていたのもそんな、生な感情だった。私が応えることのできなかった、正《ただ》しくノルンである何か。その記憶は今も私を気後れさせる。

気配があって、アマリが私の傍らにやってきて、腕を取った。カニの捕食体験で衝撃を受けて気分が悪くなったけれど、もうだいじょうぶ。うつむけた顔を私の肩に寄せて、そうメッセージを送ってくる。

メッセージとうらはらにアマリの体は熱っぽく、血の気のない横顔はこわばって見える。帰ったほうがよさそうだ。私は思い、いとまを告げようとノルンに向き直る。

ノルンはうなずく。ではまた、とだけ短くいう。アマリの体に腕を回して行きかける私に、ああそうだ。思い出したようにノルンが口を開く。

今回、珍しくカニが積極的に人を捕食したのは、外部からの操作《ハッキング》があったんじゃないかな。それとも、何らかの操作ができる穴《バグ》があるのか。

私が黙っていると、ノルンは続けた。

このことがあって、大いなる知性は穴をふさぐかもしれない。

世間話の口調で、答えを求めているようでもなかった。そうかもしれない。私はそう返す。どこか寂しげな笑顔をノルンは作る。さようなら、クウ。

さようなら、ノルン。

私はいって、今度こそ背を向ける。

6

歩きながら、私の肩からアマリが顔を上げる。血の気を失った額に汗を浮かべて、その下で瞳が不思議な色を放っている。何かいいかけて開いた口の中が、妙に朱い。

私はその表情にある信号を読み取る。アマリは発情していた。

プライベートな場所に座標を移した途端に、アマリは私を求めてきた。カニに乗っていたときはイメージとして、寄り添う感覚だけだったが、今は違う。質感を伴った肉体をシミュレートして、強くしがみついてくる。

アマリの肌には熱と湿り気と、匂い立つような瑞々しさとがある。弾力のある体を押しつけられて、私に備わった機能のいくつかが自動的に反応する。それは防衛機構に少し似ている。密着した他者との間で、自分の境界が強く意識される。

データ生命である私たちには、情を交わらせる方法はいくつもある。身体性を伴わずに、感覚だけを交わらせることもあれば、情交専用にチューンアップされた体に乗り換えることもある。集団で行うことも、ひとりですることもできる。官能の追求は、死の体験と同じぐらいにポピュラーだった。

そんな中で、自前の体をシミュレートして交わる古典的なやり方は、最ももどかしいもののひとつだ。感覚はお世辞にも鋭いとはいえないし、帯域も狭い。お互いに、お互いのどこをどう刺戟するのかという基本的な情報すら不完全にしか伝達できない。

ただ、そのもどかしさの中に、非常に内的な、深い親密さのようなものにたどり着く道があるのも確かだった。お互いに独立した魂とその器とを保持したまま、ひとつに交わろうとする切実さがあった。

もちろん、人類にとって長くそうであったように、情交は生殖とは切り離された行為だ。データ生命にとっては余計にそうで、体感を共有し交換するというコミュニケーションの一種でしかない。

それでも伝統的に、もしかすると本能的に、パートナーとの間で遺伝情報を交換しても構わないという相互許諾が介在する場合が多かったし、何かしらロマンティックな行為と位置づける風習は残っていた。

アマリと私は口づけをする。閉じきらない唇からアマリは吐息を漏らして、また口づけて舌をからめる。何度も。次第に深く。

あなたに私を食べることを許すというメッセージ。私たちは口唇で相手を味わいたい。私たちは食べたい。私たちは食べられたい。

口腔はまさしく、魂の器たる身体に開いた口だった。口は柔らかで秘めやかな、生命の原型ともいえる内奥へ通じていた。生命の切片としての食物の入り口で、己が魂の写しとしての言葉の出口だった。性器の接続に先駆けて口がつながることは、呪的ですらあった。

唇を貪《むさぼ》りながら、私たちは腕を指をからめ合う。体のあらゆる表面で相手を感じとろうと抱き合い、きつく体を押しつける。情欲の本質が私があなたを感じ、あなたが私を感じる、そうありたいという欲望だとすれば、こうして密着した境界こそがそれだった。

アマリの欲動に触れ、互いの体を刺戟しあっていると、私の中でシミュレートされた機能が次々と反応する。私は興奮し、渇え、アマリを切望する。性器が起ち上がる。

私たちのそれは生殖とは一切関わりがない。ただ相手とつながり、快感を交換する器官。私はアマリの奥に到達し、同時にアマリを深く受け入れる。私たちはつながる。

声にならない声を上げてアマリが大きく背中を反らせる。本能がそうさせるみたいに、ひとときも体を離すのが嫌だというように、しがみつこうとする。

私は私のコントロールを半ば失う。私の半分はより快楽を得ようとただひたすらそれに励む。アマリも同じような状態にあることが、その様子から推測できる。

だから半ば無意識に、私は情報としてのアマリをハックする。私に与えられているいくつもの許諾《パーミッション》を手がかりに、アマリを開く。アマリはすぐにそのことに気づく。驚いたような、怯えた、期待のこもった目が私を見る。アマリは抵抗しない。

私はアマリの表面を覆ったデータをかき分ける。生体パラメータをでたらめにいじり回す。神経束を乱雑に掻き回して、快楽へ無理やりにつなぐ。同じことを自分にもする。私はアマリと自分とをこじ開ける。

食いしばった歯の間から、アマリが苦痛の息を漏らす。それは血の色をしている。同じ声が私のどこかからも漏れ出すのを、私は他人事のように聞く。

私はアマリの手首をつかんで、その手を私の内奥へと差し入れる。胸の皮膚も筋肉も肋骨も一切を透過して体内に突き入れられた手を、私は内蔵で感覚する。私の一部が私にしか聞こえない声で激しく叫ぶ。

私は、私の手をアマリの胸に差し込む。体構造を無視して体内に潜った手で、私は柔らかで濡れたアマリの内側を触る。アマリは大きく口を開くが、声は出ない。私の中の叫びは哄笑に変わっている。

残った手で、私はアマリを抱き寄せる。強く強く、私たちは体を密着させる。お互いの体に差し入れた手は、深く深く内奥をえぐる。そして、私の指先が、アマリの指先が、それに触れる。

同時に探りあてたそれを、私たちは互いの体内から引き出す。皮膚を透過してそれが表に出る瞬間に、アマリの体は痙攣のように震える。紐帯のような管を引きずりながら取り出されたそれはスイッチで、きれいに磨かれた金属の光沢を持っている。

アマリの押しボタンを、私は指の先で愛撫する。滑らかな手触りは、それだけで官能的ですらある。

自らの体内から伸びたスイッチが弄られているのを恐る恐るというように見ながら、アマリがその真似をする。アマリの指が私のスイッチの上に置かれ、試すように軽く力が加えられる。

ああ。私の中の声が深いため息を漏らす。私はもうそのときが待ちきれない。問うような色を目に浮かべたアマリに、私はうなずきを返す。

私たちはグラスを合わせるときのように、互いのスイッチを持ち上げる。ボタンに指をかける。そして見つめ合う。

明確な合図はなかった。私たちは互いのスイッチを同時に。

押した。

7

自分のベッドで私は目を覚ます。わずかに身じろぎすると、傍らのアマリが寝息で反応する。私は思い出す。二人して死んだあと、そのまま眠ってしまったのだ。

情交に伴う儀式的な死。ハックして取り出したのは、本当の死をもたらすスイッチではなかった。いくら互いにオープンでも、個の存在の一切を左右するほどの操作はできない。

私は静かに寝返りを打って、眠っているアマリと向き合う。死の手前までをオープンに委ねてくれたパートナーの安らいだ寝顔。それは私に深い満足をもたらす。つながれ、結ばれ、委ねあうことの、生物的な安堵。

寄り添って眠るのは、薄まった情交といえた。共に死ぬ小さな死。乾いてひんやりしたシーツに包まれて、パートナーの温もりを感じて眠ること。それは、人類が生み出した中で、最も天国に近い体験のように私は思う。

私はアマリの裸の胸に顔を寄せる。そっと体に腕を回して抱き寄せる。空腹でなく、苦痛もなく、暑くも寒くもない。私は目を閉じて深く呼吸をする。アマリが私の頭を抱えるようにして、眠ったままで笑う。

気がつくと私は泣いている。閉じた目からただ涙が流れていて、私にはそれがどんな心理状態をシミュレートした結果もたらされた生理反応なのかわからない。

涙が流れるにまかせて、しばらくそのままでいる。アマリを起こしたくなかったので、目からこぼれ出た液体は世界に影響を与えないうちに記述をカットする。涙は、世界の知らないところに消えてゆく。

私はそっとベッドから抜け出す。座標を移して、作業室に向かう。作りかけの海が、部屋の中央に浮かんでいる。私は海に手を差し入れて、情報材をこね直す。水面から下を、普遍的無意識のデータベースにつなぎこんだ。

手作りの拙い海が描きかわる。むすうのデータ生命の無意識の集合には、記号的に視覚化できるようなイメージがない。情報材は光学的な演算を放棄する。コーンスターチを溶いたように、むらなく海は白く濁った。

私は白い海に手を浸す。全くその必要がないのにもかかわらず、大きくひとつ呼吸をする。海へと飛び込んで、ありきたりな空を見上げる。少しずつ沈む。

全身が無意識の海に没すると、途端に見当識を失う。目の前にはただやみくもな白。音もなく、臭いもしない。口を開いて白を含む。味もなく、冷たくも熱くもない。自分がどこまでなのかわからなくなる。安らぎも恐れも悲しみも喜びも、すべてがあって、けれどもそのすべてから私は切り離される。私は消えかける。

普遍的無意識に潜るのは二度目だった。前回も私は消えかけた。私は徐々に散逸して、私を私と感じる魂は次第に機能しなくなる。

体験としてだけいえば、少しずつ感覚や思考の接続を解除してゆくのと同じだった。見ているものが自分の見ているものでなくなり、皮膚に触る感覚が自分と無関係になる。遠い思い出も近い記憶も、さっき思いついたことも古い信念も、意味はわかるけれど他人事でしかない。

本質的にそれが死と同じなのかどうかはわからない。ただ恐らく、感じとる側の魂からすれば、違いはないのだろう。白いノイズの海に浸った私は、私がなくなっていくのを感得している。

そしてそれが、私にとっては馴染みのある感覚であることを私は知る。私の魂を覆った膜。私はずっと、世界から少しだけ切り離されていたのだ。

私は私の魂を想う。濁った海で私は目を棄て、耳を鼻を体を棄て、境界を失って魂を晒している。ここではその他に何もできない。そうして魂は、私の求めるものを探す。

ここで探し物をするには、探さないことだ。普遍的無意識は、むすうの意識からこぼれたものたちの無秩序な積み重ねで、一見ただのノイズでしかない。けれどもノイズは、そこに触れた魂にとってのみランダムでないランダムを返す。

点が三つあると、私たちがそこに顔を見てしまうのと、それは似ている。人間には、顔を見いだすべき理由がある。同族の顔を見つけて、そこからメッセージを読み取って協調することを、私たちは長い時間をかけて学んだ。そのように情報処理できるように、脳の配線を最適化してきた。

同じように、普遍的無意識の海では、そこに触れた魂が読み取る理由のあるものを、読み取る。望もうが望むまいが、見えるべきものだけが、そこには見える。私は白い海の中に、私を見る。

上空から巨大な私の顔が、沈みゆく私を見つめている。その表情には優越とさげすみと、卑屈にみせかけた驕慢《きょうまん》とがある。自分が優れて、特別で、そう扱われるべきだと考えながら、決してそれをいいださず、甘えてすねている子供の顔だった。あさましく怠惰な老人の顔だった。

自分がそんな顔をするはずがないと強く感じながらも、それは間違いなく私だった。憎悪をむき出しにするとか、怒りがあるとかではない。どちらかというと茫洋とした、とりとめのない表情が不気味で、見るに堪えない。けれども目のない私にはそれを閉じることも、そらすこともできない。

私は白い海が私に与えるものを見続ける。私はアマリの顔を見る。全くの無表情なその顔に、私は嫌悪と拒絶とを読み取る。アマリは美しくみずみずしく生気に満ちていて、私はその前で醜く矮小だった。

けれども同じぐらいにアマリは卑しく愚かで、うつろだと感じる。他のむすうの誰かと同じくらいにアマリは無価値で、交換可能な部品だった。何者でもなく、ありきたりの劣化コピーだった。私に好意を向けることで、アマリはさらに自身を無価値にしていた。

突如として私のものでない私の破壊衝動が膨れあがって、私はアマリの顔面に力いっぱい拳を叩きつける。ためらいなく、効率よく。

アマリの整った顔が歪む。鼻がひしゃげて、頬の肉が裂け、血と体液とがにじむ。皮膚の表面には薄いガラスのひびが縦横に走って、じゃりじゃりと光を跳ね返す。泣き声と怯えた目つきに私は昂る。さらに強く、渾身の力を私は破壊に振り向ける。手のない私にそれを止める術はない。

ぶよぶよに腫れ上がった、アマリの目の上の肉に、私は歯を立てる。強く嚙んで左右にこじり、骨から肉を引きはがす。その痕には深い暗い穴が現われて、血だまりの中にさび付いた釘が何本ものぞく光景に私は情欲をそそられて穴に指を差し入れる。

私は普遍的無意識の海に深く沈む。次第にノイズの中に見えるのは個の私を離れて、澱のように凝った人類の意識の影。黄色い鱗の輪郭の黒。翳りとった果実の濁った蜜。折れた骨の尖った先端。形容しがたいほど大きな何者かが、遠くからこちらをじっと見ている感じ。

深く沈んだはずが、気がつくと目の前に水面がある。あとほんのひとかきで光の中に浮上できる。私はないはずの胸びれに力を入れる。水をかくのに適したその薄い器官は、動かした拍子にぽろぽろと崩れる。取り返しのつかない喪失感と一緒に、私は沈む。

そして私は見つけたかったものを見る。水の中の氷片の、溶け残った最後のひとかけらになった魂でそれを感じる。出口。

白く濁った海のただ中に、針で突いたように空いた小さな穴。以前ここに潜ったときに見つけたそれに、私はまたたどり着いた。

誰かの意識の外で欲している、ここではないどこかへ通じる道。

魂に刻むほどに、見ようと思っていなければ決して見えない穴。私が見つけるずっと以前から、それはここにあった。世界に居場所がないと感じるのは私が初めてではない。その意味でも私は凡庸だった。

実際的には、それは地上にカニを産むシステムに空いた穴《バグ》だった。数千サイクル前にこの穴を通じて、私はひとつのオーダーをかけてあった。その成果を私は見て取る。

生体装置をカニにインプラントする仕組み。そこに、別種の生き物の胚を埋め込んだ。それはカニと共に、カニの体内で腫瘍のように、寄生生物のように生育された。宿主の生命活動を食いつぶして、その生体が育ったことを私は知る。

一連のやり方は、穴を見つけたのと同時に理解した。この穴はずっとそうやって使われてきていた。この先どうするのかも私にはわかっている。集合的無意識のこの深度で、自分を保って行動できる時間は限られている。私はすぐにとりかかる。

私は穴と私とをつなぐ。カニの中で眠る生体に、私を書き写す。無意識の海でほとんど溶けて、限りなく小さくなった私の魂を残らずコピーする。

生体の脳は、普遍的無意識にもつながっている。白いノイズの海には、溶けて散逸した私が含まれている。生体の脳を覚醒させたときに、うまくいけばノイズの中から私をかき集めて、私として自律的に起ち上がるだろう。

私をかき集めて私になる。それはこの海を浮上していったときに、私に起きるはずのプロセスと同じことだった。前回はそうして、私は白い海を浮上して私に戻った。けれども今回、自分がそうしないことが、私にはわかっている。

私はここで生体の私と、データの私に分岐しない。私は生体を得て、ここを出て行きたい。生体の脳に私が書き込み終わったのを確認して、起動コマンドを送る。

私は自分を保持できなくなる。私は私が普遍的無意識に浸食されて、非私になってゆくのを感じる。ほとんど私だと思えなくなった私は、最後にここでの痕跡も消しておこうと考える。穴の、カニの培養に干渉するプログラムのログにアクセスする。

私はログに私が見るべきものを見つける。クウ。その名前は私と一緒に溶けてゆく。クウはなくなる。私は何者でもなくなる。

非私の私はログに別の名前を見る。ノルン。私はそれについてもう何も考えることができない。すぐにそれは見えなくなる。何も見えなくなって、何かを見ている何かもなくなる。そして私は。

浮上を始めた。

8

私はかろうじて私だ。

あれは少なくとも私ではなく、これも違う。そうやってより分けていって、最後の最後までどうしても避けられないもの。

嬰児にとってはすべてが自分であって、すべてがそうでない。動かす手も喉から出る泣き声も自分ではなくて、抱きかかえられる温もりも含ませられる乳房も自分だ。

私たちは皆、そうやって未分化な混沌から起ち上がる。

無意識に浸った私も今、膨大な不明瞭から私の切片をすくい取る。ゆっくりと意識の曙《あけぼの》に向けて浮き上がる私は、私を集えて次第に確たるものとなる。

記憶が思考が感覚が私のものになって、私の境界がおぼろげに判別できるようになる。私には消化管がある。私の中には体液が巡っている。私には体があって表皮で覆われている。

私は目を開けて闇を見る。ひんやりと湿った質感のある闇。呼吸器が動き出して、肺に溜まっていた液体が鼻から口から溢れる。背中を丸めて私は咳をする。両の腕で抱きかかえた自分の体に何か足りない気が一瞬だけする。すぐに忘れる。

激しい咳の合間に私は息を継ぐ。窮屈に折り曲げた腰が、膝が痛みを訴える。私は体に力を入れて、ぶよぶよとした闇を手足で押す。そのうちに闇に少し裂け目ができて、微かな光が差す。

私は体にまとわりつくぶよぶよをかなぐって、明かりの漏れる隙間をこじ開ける。やがてそれは勢いよく開いて、私の視界はホワイトアウトした。

とっさに目を閉じた。濡れた体に風が吹きつけるので、こらえようもなく震えた。気管に残った液体が咳を誘発するので、吐き出しながらうなり声を上げた。重力の教えるままに、どうにか地面に対して垂直に半身を起こそうとして、バランスを崩した。

転がり倒れた私の背中で、何かをぽきゅりと押しつぶした感触があった。

ようやく目が慣れたとき、私は菌叢《くさむら》に仰向けになって、空を見上げていた。咳の発作はおさまって、大きく呼吸を繰り返していた。菌叢の空気が生体の肺によくないことは知識として知ってはいたけれど、細かに呼吸をコントロールできるほど体に慣れていなかった。

恐る恐る体を起こすと、傍らに大きなカニの殻があった。数年にわたり私の体を育んだ宿主の骸《むくろ》。破り捨てた胞衣や、崩れた体組織には、はやくも虫がたかっている。そのうちの何匹かは有機ユニットで、データ世界に情報を送っているのだろう。

こうして物理世界に出る方法は、データ世界の住人には知らされていない。普遍的無意識の底にあいた穴は、普通の方法では見つからない。

抜け穴のことを、演算された大いなる知性が、全く感知していないとは考えにくかった。ただ干渉しないだけで、このことの一切は見られている気がした。虫や、カニの目を通じて。

私はそっと立ち上がる。踏みしめた足に地面の感触を捉えながら、ゆっくりと筋肉に力を伝えて膝を伸ばす。上体が勝手にバランスを取って重心を移動させる。誰にも教わらずに脳は体の信号を処理して、私は次第に私の体のコントロールに熟達する。私は一個の体を持った私になってゆく。

菌叢を見渡す。短い春の空の下で、風に吹かれた草が波うっている。私は、立ち上がった目の高さからの眺めをちょうどいいと感じる。

生体には、移入前の自分の遺伝情報を使った。だからこれは、名実ともに私の体だといえなくはない。古い、生身の体を持った少年時代の記憶と比べると、今のほうが背が低いように思う。腕や体を見下ろしてみても、痩せていて、弱々しかった。

カニの体組成は、棄種の人々に栄養をデリバリーする上で効率のいいように調整されている。つまりそれは、人体を高効率で組織できるという意味でもある。そうして、一頭のカニの体組織を可能な限り収奪して作り上げた体ではあった。けれども、甲羅の下で育成するために、どうしてもサイズには限界があったのだ。

私は首を振る。そんなことは気にしても仕方がない。ともかく私はこうやって、自前の体を手に入れて、データ世界から抜け出てきたのだ。それだけで目的は達していた。私の計画は、ここまでだった。先のことはわからない。私の前に出てきた誰かがどうしたのかを知る術もない。

私は、私の体を歩かせてみる。少しふらついて、最初の一歩が前に出る。さらにもう一歩。カニに乗って菌叢を疾走したときの滑らかさには及ばないものの、徐々に調子よく歩けるようになる。

一歩ごとにかき分ける草が、裸の体に当たる。その感触が不快なので感覚をカットしようとして、できないことに気づく。生体にはそんなパーミッションがなかった。無駄に高精細なちくちくする感触を腰の周りに引き連れて、私は歩いた。

正直なところ、今のこの一連のなりゆきすべてが演算されたシミュレーションだと告げられても、私にはそれを否定できるだけの根拠がない。実はまだアマリと一緒にシーツにくるまっていて、感覚だけがこれを夢として体験している。そうだとしても、何の不思議もなかった。

だから、無根拠に信じることにする。私は今やビット列ではなく、生体をもって物理世界に生きている。自分にそう思い込ませる。

やがて、無理なく信じられるようになってくる。座標を書き換えるだけでなく、いちいち脚を持ち上げて前に出さないと進めない。そんな不自由さは、データ世界ではあり得なかった。

一歩ごとに私は私になっていた。データ世界に生きた私のことは、今はもう私だと思えなくなっている。私は少しだけ後ろを振り返る。かつて私が生きた世界を思わせるものは、そこには何もない。前も後ろも代わり映えのない菌叢が、ただ広がっている。

9

アマリが目を覚ますと、クウの姿はない。アマリのすぐ横でシーツはくぼんでいて、体温が微かに残されている。そこにクウがいたことの記述。

　アマリは自分の裸の胸が濡れているような気がして、指先で触れてみる。肌は乾いていて、そこには何の痕跡もなかった。

第三章　棄種《きしゅ》たちの冬

1

轟音がしたとき、シロは身を隠していたがれきの陰から飛び出した。

「サエ!?」

どうしてだか、サエに関わりがあるのだと思った。ショータもつられたように物陰から身を乗り出す。二人で顔を見合わせて、音のしたほうへと向かう。

いくつかがれきの小山を越えた向こうで、建物が崩れていた。顔色を変えて、シロが駆け出した。ショータも後を追う。シロは自分たちが人狩りに追われていたことを忘れてしまったようだった。身を隠すこともなく、まっすぐに建物に向かう。

「サエ……、ここにいるの？」

沼の中に折り重なるように崩れた残骸を前に、シロはおずおずと声を上げた。崩れ残った壁からは今も破片が落ちて、時折大きな水音を立てる。

サエが建物の崩落に巻き込まれたと考える根拠はない、とショータは思う。廃墟の建物が、自然と崩れることは珍しくない。ただ、何となくシロがそんなふうに直感したことは理解できた。

ショータ自身も、どういったメカニズムなのか、崩れた建物の下にサエがいる気がしている。三つの点が顔に見えるとか、カニの足跡を見分けるとかいうのとは違う情報処理で、多分に錯覚に近いものだ。暗い、何かの死骸のような廃墟の内側をのぞき込んでいると、余計にそう思えた。

「……あっ」

とっかかりを探して沼を回り込んでいたシロが息をのんだ。沼の縁から少し離れたところに、鉄パイプが転がっている。サエの武器。二人の勘は、当たってしまったようだった。沼に踏み込み、腰まで水に浸かって残骸の積み重なった小島に取りつく。サエの名前を呼ぶ。最初は小さく、次第に大きな声で。建物は大きく崩れていて、沼の広い範囲に鉄骨やがれきが散らばっている。サエを呼びながら、ショータはこの探索が無意味だと心のどこかで感じている。それでも冷たい泥水をかき分けて、がれきの隙間に頭をつっこむことをやめられない。思った以上に、人は自分の行動のコントロールができない。

斜めに突き立った鉄骨に近づいて、シロはその根元で死体を見つける。鉄骨に上半身を潰されて絶命した痩せた男。黒の一統《クラン》の奴隷兵だろう。サエでなかったことで、シロはほっとする。

死体から目をそらすようにして鉄骨を見上げて、シロは思わず声を漏らす。不安定に組み合わさった鉄骨にぶら下がるみたいに、小柄な体が引っかかっていた。

「サエだ！」

ショータを呼びながら、慎重に鉄骨をよじ上った。二人がかりで力の抜けたサエの体を平たいがれきに下ろす。仰向けに横たえられたサエが微かにうめく。生きている。

サエの唇の端には泡のような血が浮いていて、鼻からも血が流れていた。生気のない頬をシロがそっと撫でると、焦点を失った目が一瞬だけ開いてすぐに閉じる。破れてはだけた服の下で、真っ白な痩せた胸が不規則に、悲しいほど弱々しく上下する。

「どうしよう……、サエが死んじゃう」

こわばった顔を向けたシロに代わって、ショータがサエを検める。頭にも体にも、目立った外傷はない。薄い胸に耳を当てて、ごぼごぼという音を聞く。

「胸に血が溜まってる……んだと思う」

血胸で呼吸困難になっているようだった。折れた肋骨が肺をひどく傷つけているのだったら、この環境で救う方法はない。そのことはいわなかった。

サエの唇は色を失って灰色に見える。生きることの大元の、呼吸すらままならない感じをショータは想像してみる。損傷した呼吸器で、意識のないままに、ダメージを受けた体が空気を、生を求めている。生と死の境界で、命が震えている。

小さく名前を呼びながら、シロはサエの髪を撫で、頬に触れる。何もできないことを、シロはわかっている。誰かが死んでしまうのは、初めてじゃない。クランにいたときには、狩りで命を落とす男は何人もいたし、飢えて冬を越せなかった小さなきょうだいたちもいる。だから慣れているしわかっている。人が死ぬのは仕方がない。

だけどサエが、もしこのまま死んでしまうのだと考えたら、自分の中からごっそりと何かがなくなるような気が、急にした。そのごっそり加減にシロは自分でも驚いている。自分の中に、そんなにサエがいるなんて、実のところ思っていなかった。

「困るよ……」

思わず漏らしていた。クランを抜けるとき、シロは何となく、サエと二人いっしょに、だんだん消えてなくなるみたいに最後を迎えるんだと想像していた。こんなふうに、いきなり放り出されるのは困る。慣れていてわかっていても、途方に暮れないわけじゃない。

よし、とショータが短くいって、シロの背後で立ち上がったのが、気配でわかった。それから辺りを歩き回って、つる草や棒きれを拾っている。サエを膝に抱えたまま振り返って、シロが聞く。

「なにしてるの……？」

「サエを運ぼう」

ショータは手を止めずに返す。

「どこへよ」

シロの声は少し、怒っている。今いるのは、菌叢《くさむら》の海のただ中だ。この状態のサエを運んで助けられる場所なんて、どこにもない。適当なことをいうショータに腹が立った。

「賢老の塔」

ショータは答える。サエの胸の損傷がどの程度なのかはわからない。酷ければ呼吸だけでなく、そのうちに心臓も圧迫されて止まる。ただ、胸腔の血がひくまで持ちこたえられれば、回復の可能性もなくはなかった。そのための安静と栄養。ショータの知る限り、それが手に入りそうなのは塔しかなかった。

むりだよ。いいかけてシロは口をつぐむ。サエを見殺しにせずに済む方法は、それしかないような気もした。賢老が集めている知識で、サエを助けることができるのかもしれない。けれども。

「やっぱりむりだよ」

シロはここにたどり着くまでの距離を思う。半日ずっと走りっぱなしで、ショータにしても限界だったはずだ。同じ距離を、けが人を抱えて戻るのは途方もないことに思えた。

「それに、もう夜になっちゃうよ。方角もわからないし……」

自分でいって、シロは泣きそうになる。サエも大変だけれど、そうでなくても、自分たちはもうどこにも行けないのだという気がしてくる。

少し前に、みんなで菌叢の向こうを目指していたのがうそのようだ。何かが決定的に変わってしまっていた。覚悟はしていたつもりだけれど、シロたちが生きているのは、そういうところだった。ほんのちょっと踏み外すだけで、すっかり様相が変わってしまう。狩るものと狩られるものは簡単に入れ替わる。どこまでも広がった菌叢のまん中で、どこへも行けずに立ちすくむ。

「方向は、たぶんわかる」

ショータは、サエの鉄パイプと、もう一本の棒とを、つる草で結びつけようとしている。

「だからシロ、ちょっと手伝ってよ。つる草をもう少し取ってきてほしいんだ」

静かな口調に、シロも落ち着きを取り戻す。もう一度サエの髪をそっと撫でて、立ち上がる。つる草は、落ちてきた鉄骨にからまったのが、ちぎれて散らばっている。拾い集めていると、ふと何か光るものが目についた。

「……サエのナイフだ」

拾い上げて、草と一緒に持って、ショータの元に戻った。

二本の棒に渡すようにつるが編まれているのを見て、シロにもそれが何かわかる。まん中にサエを寝かせて、二人で棒を持って運べるようにしているのだった。ショータを真似て、シロもつるを結ぶ。

食糧を包んでいた毛皮でサエの上体をくるむと、編んだつるにそっと寝かせる。そうしておいて、落ちないように紐で縛った。

食糧は食べられるだけ食べておく。余ったのは運びようがないので、もったいないけれど残していく。サエが目を覚まして食べたがるかもしれないので、シロはカニの足を少しだけ自分のマントの下にくるんで取っておいた。

「行こう。持ち上げてみて」

ショータが前に、シロが後ろで棒をつかむ。せーので力を入れて、ゆっくりと持ち上げる。編んだ草が、サエの重みでぎゅうぎゅうと鳴った。思っていたよりも重くて、シロは前にのめりそうになるのを踏ん張ってこらえた。

ショータが肩越しに振り返る。シロはうなずいて返した。もう一度二人でせーのといって、歩き出す。

崩れた建物の外に出ると、そこでいったん足を止めた。そっとサエを下ろす。沼を渡るときに濡れないよう高く持ち上げたので、シロは腕がもうだるくなっていた。こわばった体をほぐしながら、雪のちらつく暗い空を振り仰いだ。

「アゼチたちに振り回されて余分に走ったけど、この市街跡はそれほど広くはなかったと思う」

だから黒の一統に追撃されたのだろうとショータはいう。

「人狩りたちがやってきた方向へ進めば、たぶんぼくたちが入ってきた辺りに出られるはず」

シロも同じように考えていた。問題はその後だ。

「市街跡を抜けてからはどうするの？　この暗さだと、高いところに上っても塔は見えないよ」

うんとショータは応えて、それからしゃがんでサエの様子を見る。苦しそうなか細い呼吸。シロは毛皮の下のサエの手を取る。外の空気と同じぐらいに冷たいその手をさする。塔にたどり着いたら助かるかどうかはわからないけれど、朝までこのままだと、きっと持たない。雪をしのげて火のおこせる場所があればましだろうけど、菌叢のまん中でそれはない。

「本当にわたし、サエに何かしてあげられるのかな……」

助けられるのだろうかとシロは思う。だけど何もせずに、苦しむサエを見ているのは嫌だった。

「だいじょうぶ、とにかくまずは、ここを出よう」

ショータが棒をぐっと握る。やれるところまでやろう。シロも棒をつかんだ手に力を入れた。

時々短い休憩をしながら、前と後ろとを交代して、歩きづらいがれきの上を進んだ。崩れた建物と菌《きのこ》だらけの市街跡で、ゆっくり休める場所はあまりない。つる草が空を覆うような場所は少し雪がしのげたけれど、地面がぬかるんでいてサエを下ろすことができなかった。ただもう足下に集中して、じりじりと二人は進み続けた。

やがて、暗い空をバックになお黒く、斜めになった建物のシルエットがみえてきた。来るときに目印になっていた建物だとシロは思う。二人が目論んだとおり、市街跡から出るまではそれほど距離がなかったのだ。

がれきの小山の風下側で、サエを下ろす。シロは、疲れた体をサエの隣に投げ出す。少しでも暖かくしようと、自分のマントの中にそっとサエを抱き包む。

「そうやって、ちょっと休んでおいて。あの建物に上ってみる」

ショータはこわばった腕をぶらぶら振りながら立ち上がる。

「塔は見えないよ。どうするの？」

「オオツノウシを探す」

足を止めずに振り返っていうと、斜めになった建物に向かった。

かさぶたみたいに菌に覆われた斜面で、ぽきゅぽきゅと繊維質の塊を踏み崩しながら、這うようにして登る。次第に、視界が開けた。

菌叢も空も一面の灰色で、最初は何も見分けがつかない。それでもじっと目をこらしていると、風に波うつ菌叢と地平線とがわかってくる。少しずつ視線を動かして、やがて目当てのものを見つけた。草の上に並んだ、こんもりとした体。大きな角のある頭を一方へ向けてじっとしている。オオツノウシの群れ。

ウシが祈っているのだと昼間にイワがいっていたそれを、ショータは観察する。遠くても、大きく広がった角のおかげで、その向きはなんとかわかる。ショータは角の指す方向に目をやる。そこに月が出ているはずだった。

昼間に見えた塔と、そのときのウシの向いた方角とを思い出す。厳密ではないけれど、全くの見当外れでもない塔の方角を、それで見定める。

何度も目線を行き来させて、手近な地面の目印と塔の想定位置とを結ぶ。それを目安に進めば、当てずっぽうで行くよりはましなはずだった。

建物を降りがけに、確かめるようにまたウシに目をこらす。ウシの祈り。ショータはそれが何なのか知っている。

オオツノウシもカニと同じように、目的を持って設計《デザイン》された生き物だった。それは、大きな角をアンテナに、月と通信している。

菌叢の菌が、バイオコンピュータとして演算したデータを、ウシは食物の一部を通じて取得する。データは、ある瞬間のデータ世界のスナップショットで、完全なバックアップだ。そのデータパケットを、ウシたちは月に向けて送信する。

月には、受け取ったデータを保存する施設がある。石英ガラスに書き込まれたバックアップデータは、安定した月の地下で半永久的に保存されている。クウと呼ばれていた自分の、ある時を永遠にとどめたバックアップも、そこにあるはずだとショータは思う。

ガラスの中で凍ったかつての自分のイメージは、ショータにさしたる感慨を抱かせない。それはとても遠くなってしまった。ショータは小さく首を振って、それからまた、手さぐりして建物を下った。

「方角、わかったの？」

サエの横でうとうとしていたシロが、足音に目をあげた。ショータは昼間にイワがいっていたウシのことと、そのときに見た塔について説明する。

「大体の方角だけど、当てずっぽうよりはいいと思う」

シロは感心したように目を丸くした。

「すごいね、ショータ」

目安がなければ、見当違いの方向に歩き出して、行き倒れる可能性だってあった。大体の方角でも、進んでいるうちに空が明るくなれば、塔が見えてくるだろう。何もないよりはずいぶんましだった。

目印を確認して、出発した。

「行きと違って、跡をごまかしてジグザグに進まなくていいから……早く着けるかもね」

シロは自分を励ますためにそう思うことにした。

草の中を進むのは、けれども想像以上に骨が折れた。雪に濡れた草がまとわりついて動きづらいし、跳ね返った細い枝が顔に向かってきても、腕で防ぐことができない。市街の跡を抜けて、起伏が少なくなったのはいいけれど、代わりに風に吹きさらされることになった。草が切れたところでは雪交じりの風に体温が奪われて、消耗した。

後ろに従っている自分でも厳しいのだから、前を行くショータはもっと大変だろうとシロは思う。背の低いショータは深い草に頭から潜るように、黙々と進んでいる。しきりに踏みつぶす聖霊《ノーム》のきのこの青い光が、その足下をぼんやりと照らす。

手に力が入らなくなってきて、シロは何度も棒を握り直す。腰と背中がこわばって軋む。足は自分の足じゃないみたいに重くて、少し持ち上げるだけでも永遠の時間がかかるようだった。振り返ると、点々ときのこの光の向こうに、後にしてきた市街跡のシルエットが、まだうそみたいに近い。

前を向いて、毛皮の下で身動きもしないサエを見て、気を取り直す。意識して呼吸を整えて、ただ足を前に出すことに集中する。そうしていると、リズムが出てきて少し楽になる。いい調子だと思っていたら、前につんのめった。

「わあっ」

真っ暗な中でバランスを崩して、上も下もわからなくなる。ただサエの上に倒れちゃだめだと思って、体をひねった。自分ではとっさに動けたつもりだったけれど、思いのほか反応が鈍かった。変なふうに地面にぶつかって、しばらくシロは動けない。

サエのうめきが聞こえてきて、ようやくシロは痛む体を起こす。這うように近づいて、様子を確かめる。

「だいじょうぶ、サエ？　痛むの？　ごめんね」

顔を寄せてささやく。サエは苦しそうな浅い呼吸の合間に何かいいかけるが、声にならない。土気色になった顔をつらそうにゆがめて、また眠りに落ちる。

サエを毛皮で包み直して、シロはショータの様子を見る。ショータはまっすぐに前に倒れていて、体の下半分はサエの下敷きになっていた。そのおかげで、サエに伝わる衝撃が小さかったのだろう。

ぬかるんだ地面に頬を押しつけるようにして、ショータはうつぶせになっている。顔のすぐ前に、倒れたときに崩したきのこが断面を見せていて、ぼんやりと開いた目に光を照り返している。

青白いその光の意味を、ショータは知っている。聖霊のきのこと呼ばれる生体コンピュータの自己修復プロセス。子実体《きのこ》の断面が晒されると酵素が反応して、その部分にあった情報を修復する。きのこの割れ方や修復のされ方にゆらぎがあるので、データ世界の住人は様々に忘れたり、間違って思い出したりができる。

ショータはもはやそのプロセスに接続されていない。きのこの光は、ショータに忘却もインスピレーションももたらさない。

気がつくとシロに体をゆすられていた。手を借りてサエの下から抜け出す。

「ケガしなかった？　少し休もうか」

シロが疲れて表情のない顔を寄せてくる。自分も同じような顔になっているのだろうと思いながら、ショータはうなずく。

「ごめん。足がもつれて」

疲労や痛みを他人事のように感じながら歩いていたけれど、突然、足が前に出なくなった。そのまま、棒が倒れるみたいに転倒した。どこにも大きなケガをしなかったのも、サエを酷く投げ出さなかったのも、幸運だった。

足がいうことをきかなくなったのは、ショータが生体に不慣れだからではない。そもそも人の体がそうで、どこまでも随意に自在に動かせるものではなかった。自分の体を自分で動かす。そうやって自分の外側を人は定めているけれど、実のところその認識はファジーだ。体が動くとき、半分ぐらいは自分じゃない何かに動かされている。そんなふうにも思えた。

二人で、横たわるサエに寄り添うようにしてしばらく座っていた。何もない菌叢の中でそうしていても、どれほども回復できるわけではなかった。先の見えない苦行に再び向き合うために、少しだけ覚悟を決めるための時間を稼いでいる。それだけのような気もしていた。

やがてどちらからともなく立ち上がって、前後の位置についた。サエを持ち上げて、一歩ずつ確かめるように歩き出す。

2

正しい方角に向かっているのなら、行く手のどこかに塔が見えるぐらいの距離を来たかもしれない。ほとんどの時間を無心で、足を交互に出すことだけに集中していたシロが、ふと目を行く手の遠くに向けてみる。長い夜はまだ明けない。

サエがわずかに身じろぎしたのが気配でわかる。意識が戻りつつあるのかもしれない。転倒したあとに、サエが何かいおうとしたことをシロは思い出す。あれはたぶん、「もういいよ」だ。

前を行くショータがもの問いたげに振り返る。シロは自分が「もういいよ」と声に出していたことに気づく。

いっそ話していたほうが気が紛れるかもしれない。シロはそう考えて、続きを口にする。

「サエがたぶんそういったの。もういいよ、って」

二人でクランを抜けるときに、これ以上生きるのが無理だとなったらそういうように約束してあった。今の状態のサエがそう思っているとしても、不思議ではなかった。

「サエはもう生きていたくない、ってこと?」

そう、とシロは返す。

「サエは本当はすごく怖がってたの。死ぬことじゃなくて、生きることを」

サエはたぶん、まじめに考えすぎてしまうんだろうとシロは思う。怒られたり叩かれたり、危ない目にあったり。つらいことばかり多いのに、どうして生きなくてはいけないのだろう。そんなふうなことを、サエはよく口にしていた。

「なんで生きるのとか、何のためにとか。そういうのって、誰も教えてくれない。きっとみんなわかってないからだよね」

「そうかもしれないね」

前を向いたままショータが応える。

「だけど、わからないままだと、自分が何なのかもわからなくなって、それがサエは怖いんだって」

群《クラン》れで生きていると、何もわからないままに従わされる。サエはそれも嫌がっていた。好き勝手したいわけじゃない。死んだほうがましと考えていたのでもないと思う。

「本当にわからなくて、ずっと探しているけど、何を探しているのかもわからない。そんな感じだった。相手がカニとか獲物だったら、サエはどこで何を探すかちゃんとわかるのにね」

ここじゃないどこかに行けばわかるのかもしれない。クランを出たのは、そんな考えもあったんだろう。シロの婚姻話は、きっかけだった。シロが嫁がされたら、次は自分の番だという焦りもあったかもしれない。

「嫁がされそうなわたしを助けるためにクランを出てきた、っていうのはうそじゃないけど……それって、わたしのためっていうよりは、サエのためだったんだよ」

シロは言葉を切る。このことはサエ自身に確かめたことがないけれど、たぶん当たっていると思っている。

「わたしを助ける、わたしのために生きるっていう理由が、サエは欲しかったんだと思う」

話をしているせいだけではなく、疲れもあって、二人の歩みはとても遅くなっている。重い足をだましだまし前に出しながら、ショータが聞き返す。

「シロはそれでよかったの？」

「うん、まあ……」

嫁がされると決まったとき、シロはそれも仕方がないと感じていた。諦めていたわけではなく、そういうものとしか思えなかった。シロにとって、菌叢のほとりに暮らすほとんどの人にとって、生きるというのはそういうことだった。

「サエが逃げようっていったときに初めて、そうやって生きてもいいのか、って気づいたの。それに……」

シロは少し笑う。

「いっしょに逃げたら、わたしにも、サエのために生きるっていう理由ができるでしょ。何のために生きるのかなんて考えたことなかったけど……わたしが生きることで、サエが生きるんだったら、それもいいなって」

シロよりほんのちょっと年上のおねえちゃん。何人もいるクランのきょうだいのひとりだったサエは、だんだんと特別なひとりになった。いっしょにお腹を空かせて、いっしょに食べた。狩りをして、荷物を運んで、寝るところを探した。

大したことをしたわけじゃない。二人で、生きるために、いろんなことを普通にしただけだった。何でも自分たちでしなくちゃいけないので、クランにいるときより大変なことも多かった。そうして一日が終わっていっしょになって眠るときには、シロはなんともいえない気持ちになった。サエとぎゅっとくっついて、ずっとそのままでいたいというような気持ち。優しいような、うれしいような、懐かしいような、そんな気持ち。

そのサエが苦しそうにもらした「もういいよ」がシロの中に戻ってくる。不意に胸が苦しくなって、シロは自分が震えていることに気づく。足が動かなくなった。

「シロ……？」

気配を察して、ショータが足を止めて振り向く。

「サエが、もういいよ、って……」

シロは声を震わせる。

二人ではぐれになって、長く生きていられるなんて、都合のいいことは考えていなかった。もういいやと思えるときはきっとくる。そんなのわかっていた。けれども実際にそのときがきたら、少しも「いいや」なんて思えなかった。サエとおいしいものを食べて笑ったり、ただ単に名前を呼びあったりすることが、もう二度とないなんて、全然よくない。

「シロ、ちょっと、サエを下ろして」

ショータがそう声をかけながら、促すようにしゃがむ。つられたように、シロもそうした。そのまま動けずにいるシロのところにショータはやってきて、横から抱きつく。

「だいじょうぶ、サエは助かるよ」

確信があってそういってるわけじゃないことが、シロにはわかっている。ただ、今はそれにすがるしかないこともわかっていて、だからシロはうなずく。何もせずにここで放り出せば、サエが助からないのは確かだった。だからまた二人は歩き出す。

自分の言葉には何の保証もないし、気休めにもならないことをショータは自覚している。物理世界の住人はバックアップできないし、自律的に体調を調整するスイッチもない。生体についてのショータの知識は限られていて、サエの容態がどこまで悪いのか判断できない。

ショータはここと違う世界を知っている。菌《きのこ》やカニが何なのかわかる。だけど、そんなことは何の役にも立たない。ここではショータは、単なる発育不良の子供だった。

役立たずの子供として、助かるかどうかわからない命の重みを抱えて、出口の見えない荒れ地をひたすらに歩く。その体験に、ショータはとても強く生を感じる。うっすらした膜の奥にある魂であっても、その切実さが感得できるほどだった。

随意にコントロールできない生体の脳が、苦痛を紛らわせるために快楽物質を分泌しているせいだろう。けれどもそれを差し置いても、ショータは、どうしようもなく生きていた。そう感じてしまうのを、止められなかった。

3

菌叢《くさむら》を抜けて、市街に上陸した。どうにか潜り込んだ建物で火をおこして、長めの休憩を取りながら明け方を待った。白んできた空に、見慣れた塔のシルエットを見つけた時には、シロとショータは抱き合ってよろこんだ。目指していた場所にたどり着くことができたのだ。

少しの間意識を取り戻したサエに水を飲ませる。暖まったせいか、心なしか持ち直したようにも見えて、シロは自分にそう思い込ませる。もういいよと口にしたそうなサエを、とにかく励まして、あと少しだといい聞かせた。雪は止んでいたけれど、さらに寒くなりそうな空の下、半日歩いて塔のふもとに着いた。

黒の一統《クラン》の待ち伏せは考えないことにした。別働隊がいればそれまでだけれど、アゼチたちを襲うために菌叢を越えた直後だと考えれば、この辺りが手薄になっていると期待しても的外れではないだろう。

思えばほんの二日前にここに来て、それからたくさんのことがあったのだなと塔を見上げながらシロは思う。曇天をバックにそびえる塔には、最初に見たときの、特別な場所という感じが薄れていた。結局のところ、ここも市街の他の場所とさほど変わらない、どうにか人が生きているだけの場所なんだろう。

扉を叩いて、上階の窓に向かって呼びかける。見られているような気配があるだけで、応答はない。

文書《もんじょ》を持ってきたものに一晩だけ。誰の味方にもならない。シロは賢老の言葉を思い出す。たとえサエが死にかけているからといって、特別扱いをして塔に入れてもらえると考えたのは間違っていた。シロがそういうと、ショータは肩をすくめる。

「だと思う。けれど、文書はあるんだ」

「うそ!? 文書なんて、どこにも……」

「あー、うん。正しくは文書じゃなくて……」

それからショータは階上に顔を向けて、声を張り上げた。

「知識を持って来た。ここを開けて」

しばらくの間。やがて窓の一つから賢老の声が返る。

「おまえたちが文書を持っていないことはわかっている。厄介ごとを持ち込むのはやめてもらおう」

ショータが落ち着いて答える。

「この前ぼくらが持って来た文書、まだ読んでないかもしれませんが……あそこに書かれたことだけではわからないことがある、そうでしたよね？」

「……」

返答がないことに構わず、ショータは続ける。

「何がわからないのか、どこを探せばいいのか、ぼくにはそれがわかります」

賢老は黙っている。ただ聞いている気配はある。

「あの文書だけじゃない、そこに積んであるどの本でも、何が書かれているのか調べますよ。中に入れてもらえれば」

のぞいた。


「でたらめをいうな！」

賢老が声を荒らげた。ショータは頭上の窓に向かって大きく首を振る。

「本当かどうか、読ませてもらえばわかります。ここを開け……」

ショータの言葉の途中で、ごととん。扉が開く。隙間からは、並外れて大きな男の顔がのぞいた。

「デヴォさん……！」

シロが気づいて声をあげた。大男は黙って手招きする。サエを抱え上げて小走りで隙間をくぐると、すぐに扉は閉まった。

暗がりになった階段をデヴォに連れられて、見覚えのある文書の積まれた部屋に出た。大男が体を屈めるようにして潜った先にもうひとつ部屋があって、シロとショータはサエをそこに運び入れる。

置かれた調度の設《しつら》えからして、デヴォ自身が寝起きしている部屋のようだった。ベッドを手振りで示されて、二人はサエをそこにそっと移して寝かせる。

大きなベッドの上で、サエはとても小さく見える。血の気のない白い顔。苦しそうにゆがめた表情。それでも暖かな部屋で乾いた毛皮に横になっている様子は、少しだけシロを安心させる。

横合いからぬうと大きな手が伸びて、サエの額に、頬に触れる。服をまくり上げて、サエの薄い胸をあらわにする。太い指が繊細に胸の表面を撫でて、それからシロも手伝ってサエをうつぶせにする。背中側も検めて、デヴォはまた静かにサエを仰向けに寝かせる。

高いところから落ちて、胸を強く打って、胸の中に血が溜まっているのだろうとショータが説明する。デヴォはうなずく。

「何の施術もできないことはわかってる。けど、呼吸はちょっと楽になっているみたいだから、胸腔に溜まった血は吸収され始めているのかもしれない」

ショータの説明にデヴォは目を細める。

「安静にすること、予後に栄養が摂れること。そう考えたら、ここに連れてくるしか思いつかなかった」

ぶはあとデヴォがため息で応える。シロにはよくわからないやりとりだけれど、通じているようだった。

「ああ、デヴォ。おまえたち！」

声がしたので顔を上げると、戸口に賢老の姿があった。

「だめだ、おまえたち。こんなことをしては……」

ショータがさっと立ちあがる。妙に落ち着いた様子で片手をあげて賢老を制すると、静かな声でいった。

「知識は持ってきました。文書を見せてください」

さらに何事かいおうと口を開けたままの賢老を押し出すようにして戸口をくぐる。のぞりとデヴォも続いて出て行ってしまう。サエの傍を離れたくなかったシロは、戸口から様子を見ることにした。

ずかずかと、ショータは文書の間を遠慮なく歩いてゆく。あちこちから束になった文書を取り上げ、また戻す。やがて一冊を手にとって、その表紙をぽんと指で弾いた。

「これだ、ぼくたちが持って来た文書」

いいながら、ぱらぱらとめくる。綴じられたなかの何枚かが落ちたけれど、ショータは気にした様子もない。

「これは、ある種の危険物を取り扱うための、手引きです。大昔……、燃えやすかったり、毒を出すものを運んだりするときに、こういう文書を読んで調べたんです」

読みましたか、と文書を示してみせるけれど、賢老は応えない。ショータは文書を山に戻す。

「危険なもの……、何と何を混ぜると燃えるとか、爆発するとか。そういう知識は、うまく使えば役立てることができる。がれきをのけたり、燃料にしたり。この塔で集めているのは、そんな知識でしょう?」

賢老が何か答えかけて口ごもる。ショータはまた文書の山の間を歩き回る。別の一冊を取り上げる。

「こっちのは、ある機械を操作する方法が書いてある。けれど、こんな大昔に失われた機械の動かしかたなんて、今さら知っても意味がない」

　そうやってショータは、次々といくつかの文書の束を手にとって解説してみせる。何冊かは無造作にそこらに放り捨てた。賢老はその度に何かいいかけては黙り、そのうちに困り果てたように下を向いてしまった。

　ショータは両腕を大きくひろげて、部屋中の文書を示す。

「ここには市街《まち》中から文書が集められている。異変のあとに残った書物の類いを、それこそ片端から。けれども……」

　言葉を切って、ショータは文書の束を、積まれた山を検める。

「少なくとも最近は文書を読んだり整理したような形跡がない。雑多なものがバラバラに積んであるだけだ……」

　文書が山をなしたほこりっぽい部屋で、ショータの声はどこか悲しげだった。

「もしかすると……、文書を読んでいない、でしょう？」

　賢老は顔を上げるが、やはり何もいわない。今このときにさらに老いが深まったかのように、表情は弱々しい。

「読む気がないのか、読めないのか……、それとも、もう読む意味がなくなってしまった。そうじゃないですか？」

ショータはいって、デヴォに向き直った。腕組みをして目を閉じていた大男は、やがて大きく息を吸って、長いため息を吐く。それから目をあけて、ショータにまっすぐ向いて、うなずいた。

4

実のところ、賢老と呼ばれるべきは、デヴォのほうだった。このいびつな大男が自分と同じようにデータ世界からやってきたのではないかと、ショータは最初に会ったときから感じていた。

「棄種たちが文明をやり直せるように。その手助けをするために物理世界に出てきた。そんなところか」

データ世界の抜け穴を使ったのが、自分が最初でないことはわかっていた。棄種たちを救えないまでも、かつて地上で最も繁栄した種の末裔であることを思い出させるぐらいのことはすべきだという考えもあった。実際に、その手の干渉を試みたのも、恐らくデヴォだけではないのだろう。

「デヴォはこの地の人に、古の知識をもたらすためにやってきた聖霊《ノーム》だ」

賢老が口を開いた。

「おまえも、そうなのだな」

ショータは老人に向き直る。そうだと答えるとデヴォが何事かうなった。

「デヴォも、昔はこの姿ではなかった。寿命が……、ノームに戻る時が近づいているのだ」

ショータは大男の姿を改めて見る。肥大した手足。いびつに伸びた巨体。ゆがんだ顔。奇形的というよりも、それらは、逞しく美しくなるはずだった身体のパーツが、制御を外れて野放図に育ったというふうにも見えた。

「生体の調整《デザイン》に失敗した……？」

ショータの言葉に、デヴォはくふくふと笑う。大きな肩をすくめてみせる。

デヴォは、棄種たちとの子孫に受け継がせようと、頑健な身体特性を備えた生体をデザインしてきたのだ。頑丈な骨格、豊かな筋肉、病気に強い内臓、知性的な脳。デヴォが棄種たちと交わってそれらの特性が継がれれば、子供たちが厳しい環境で生き抜くために有利になる。そんなふうに考えたのだろう。

それらの遺伝子の乗り物として設計された身体の、成長過程で何かがあったのだ。複数の形質が干渉し合うのをシミュレートしきれていなかったのか、地上の毒物で遺伝子が傷ついたのか。何かの理由で、デヴォは今の姿に育ってしまった。

知識にせよ、遺伝情報にせよ、伝えたいという考えがあるのは理解できた。それはもともと、棄種たちが持っていたものだ。たまたまデータ世界で保存できていたそれを、手渡す機会があるならそうしていけないはずはなかった。ショータ自身そうすべきだと考えたことはなかったけれど、実行した誰かを責める気はない。

欺瞞だ、過干渉だという、データ世界が棄種に関わる際について回る批判がそこにもあるとは理解している。ややもすれば押しつけになるし、優生学的で危険でもある。誰が生き残るのかを、誰が決められるのか。ただ、知識を与えるこの塔のやり方を見る限りでは、デヴォはそこも抑制的に運用していたのではないかと思えた。

「文書《もんじょ》を持ってこさせたのは……」

ショータはデヴォにきく。

「この地で見つかった知識だけを、この地の棄種に伝えるため、だよね」

おう。デヴォはうなずく。

「残されていた文書の知識だったら、棄種の人たちだけでも見つけることができる。塔の仕組みは、それを後押ししていた」

ショータは部屋中に積まれた紙の束を見渡す。これらが焚き付けにされずに残ったのは、賢老が文書には価値があると広めたからだ。バラバラだと役に立たないものを一ヵ所に集めることで、デヴォは知の流通を効率化しようとしたのだ。

「このやり方なら、棄種たちの生き死にをデヴォ自身が決めることにならない。確率的にはちょっとズルいかもしれないけれど」

そのとおり、というようにデヴォが目を細める。

棄種たちが、いきなり核融合発電施設を建てることは、あり得ない。けれども、散らばった文書を集めて、順を追って理解してゆけば、手に入る材料で風力発電を実現する可能性は、ゼロではない。

絶対にあり得ない飛躍をもたらすのではなく、少しだけ確率でズルをする。不思議なことだけれど、確率的にとてつもなく低い出来事は、生命の歴史の中で何度も起きている。生命は、低い確率から奇跡的なアタリをひいて、今に至っている。

「体もそうだよね。もともと人が持っていた、生き抜くために有利な能力が……、聖霊のおかげで、少しだけたくさん、この地の子供たちに受け継がれた」

デヴォは、特権的な世界から現われて奇跡を行使する、神を気取りたい狂人ではなかった。種を分かった隣人たちに、あるべきものを返したいと願った、ただの善良な聖霊だった。市街の目立つ場所に暮らし、人を集め、知識を広めようとした。時に棄種と交わって、子をなした。塔の大きさからいって、小規模なコミュニティを形成していた時期もあったに違いない。そうやってデヴォは、棄種の世界を、菌叢のほとりの社会を、攪拌していたのだ。

「だけど今はもう、文書を読んでもいない。文書を持ってきたものに一晩の宿を与えるという、形骸化したしきたりが残っているだけだ」

うう。デヴォは小さくうめく。

恐らくは、知識の伝播が想定ほどに思わしくなかったのだろう。知識を得て、定着させるには、生活に相応の余裕がいる。菌叢のほとりの狩猟採集に頼った暮らしでは、何代にもわたって知識を維持するのは難しい。黒の一統《クラン》のように、奪い奪われするほうが、まだしもこの地では生存方法として合理性があった。

デヴォの持ち込んだ仕組みは破綻しつつあった。さっきの賢老の言葉のとおりに、デヴォの寿命が尽きようとしているのだとすれば、惰性で日々を送っているのも不思議ではなかった。

「そのとおり……」

賢老が言葉を引き継ぐ。

「ここは、役目を終えようとしているのだ」

ぽつぽつと、老人は塔のあらましを語る。若い姿を保っていた聖霊デヴォ。文書の解読。教育。生活の工夫。農作の可能性。そうした積み重ねは、ほんの少し冬が長引いただけで途絶える。塔でまかなえる人数は限られる。コミュニティの瓦解。疲弊。そうしているうちに、デヴォが発症した。

老人は息をつく。

「文書も、それを持って訪れる者も、少なくなった。聖霊も、わしも、もう長くはない。役割を終えるときがきたのだ」

デヴォの試みがどうであれ、次に長く明けない冬がきたら、棄種たちは絶えるだろう。今は長い氷河期の合間で、この地はたまさか人の生存を許した隙間《ニッチ》に過ぎない。塔が、デヴォが役割を全うしたところで、棄種たちの命運は少しも変わらない。

ただ、そんなことは最初からわかっていたはずだ。すべてわかった上で、そうした。

恐ろしく手間のかかる情報処理を経て作られた、データ世界のワインのことをショータは思い出す。醸造過程に意味がないわけではないのだ。

5

塔の外から声がしたのに、シロが気づいた。

ショータたちの話が難しくなって、シロは眠るサエのもとに戻っていた。水をもらってサエの顔と身体を拭いてあげたあと、ベッドにもたれてうとうとしていて、声を聞いた。妙に聞き覚えのある感じで、胸騒ぎがした。窓に取りついて下をうかがって、思わずすぐに顔を引っ込めた。

「あいつだ、人狩りの」

やってきたショータにそう告げる。そっとショータも窓からのぞく。塔の扉の前にいるのは、いつかの人狩りの妊婦だった。ひとり、文書を頭上に掲げて賢老を呼んでいる。

「仲間は、いないみたいだけど……」

塔に入るところを見られていたのかな、とショータがもらす。シロは首を振る。どちらにせよ、サエがここから動けないことを知られると、面倒なことになる。

「わかっておるとは思うが……」

賢老が窓辺に近づきながらいう。

「ああして文書を持って来ている以上、放っておくわけにはいかん」

ショータが諦めたようにため息をつく。たしかに、無視したり追いかえしたりして、塔の中立が破られたと知れれば、今度は仲間を連れて押しかけてくるかもしれない。

「わかった」

ショータがきっぱりといった。

「塔の外で起きることには関与しないんだったよね」

「う、ああ……」

老人は戸惑ったようにうなずく。ショータは腰の後ろに手を回してマントの下を探る。

その動きが何を意味しているのか、シロは気がつく。

「女ひとりなら、どうにかできる。賢老はいつものように文書を引き上げて、扉を開けて」

いいながら部屋を出て行きかけるショータを、シロが追いかける。戸口に置いてあった弓を取り上げて、二人でくっつくようにして暗い階段を降りる。ショータの耳元でいう。

「どうする気？」

ショータはマントの下でナイフの柄をぎゅっと握る。

「……わからない」

サエの回復する時間を稼ぐために、奴らがしばらく塔に近づかないようにする。人狩りに逆襲して、塔とは別のどこかに逃げる。そう見せかける。それとも、いっそ。

「殺す？」

シロがあっさりそういって、ショータは否応なくそのことを考える。確実に助かるかどうかわからないサエを生かすために、可哀想な人狩りの女を殺す。

生命という意味では、どちらも同じだ。人狩りの女は身重《みおも》だから、数の上ではあちらのほうが多いといってもいい。

すごく乱暴にいって、ショータからしてみれば、サエもあの女もただの棄種で、そこに優劣はないはずだった。どちらかを生かす根拠も、そうしない合理性もない。それでも今は確実に、サエのためにあの女を殺せると、ショータは考える。

データ生命として、カニと同化している自分だったら、どちらも餌にしか見えなかったはずだ。あるいは、菌叢《くさむら》を裸で歩いていたところを、あの女に助けられて、それから一緒にいたら、真逆のことを考えたのだろう。

実際のところ、ショータはサエたちと出会ってしまっている。それはもうショータの結び目だった。自分はあれではなく、これではない。そうやって残る自分の一部だった。そして生命は、自分が損なわれそうになると抗うようにプログラムされているのだ。

がたたん。

扉の向こうで文書をやりとりする気配が済んで、仕組みが作動した。重い鉄の扉に隙間が開いて光が差し込む。ショータは腰を落として構える。シロも弓をつがえて待機している。隙間が広がって、身体が通るだけの幅になると、ショータの足が地面を蹴った。

「あっ」

女が気づいて声を上げたけれど、何をする隙も与えない。身体ごとぶつかるようにして押し倒すと、馬乗りになった。ナイフを抜いて、怯えて表情の固まった顔につきつける。

「おまえの持って来た文書はぼくたちのだ、返してもらう。それから、おまえはここで……、死ぬ」

女の首筋に刃をあてる。サエのナイフはよく切れる。命を維持している大事な器官まで刃を届かせるのに、たぶんほとんど力を入れる必要はない。

ひゅう。女が息を飲み込む。瞳孔の大きく広がった瞳は、どこにも焦点があっていない。暗い洞窟みたいな目から、ショータは何も読み取ることができない。女の魂が、自分のよりもずっと厚い膜の内側にあるような気がする。

「もう少し塔から離れたほうがいいんじゃない？」

弓を構え、援護するように回り込んできたシロが、カニを狩るときの調子でいう。生存の脅威に立ち向かっている、という意味では、状況は狩りと変わりない。シロは落ち着いている。ショータも同じくらい冷静だと感じる。狩りの時のように、うまくやれる。ショータがそう考えていると。

「いゃあ」

シロの悲鳴。

背後から、シロを抱え込むように腕を回す黒ずくめの男。

「ははっ、捕まえた」

軽々と片手でシロを抱え上げ、残った手は矢ごと弓を掴んで無力化している。風雨にさらされた、いかつく凶暴な男の顔が、楽しげにゆがむ。酷薄そうな目が細められていて、そこだけが笑っていなかった。

気を取られた。ナイフを持ったショータの腕に、女の手が絡まる。

「しまっ……」

腕に力を入れ直す。強く押しつけられた刃が、もがく女の首の皮膚を裂く。食いしばった歯の間からうなりをもらしながら、女はショータの腕に両手の爪を食い込ませる。

「ううう……」

女の目に浮かんだ色が、今は明確なメッセージを伝えている。獰猛なそれは怒りだ。自分を損なうものへの抗い。

爪にえぐられたショータの腕からも血が流れだす。女の首の血と自分の血とで濡れて、ナイフの柄がぬめる。関節が白くなるほどに固く、ショータは指を握りしめた。

「ははは！」

シロを両腕ごとしっかり抱えなおした男は、どこか面白そうに、血だらけになったショータと女を眺めている。息もできないほどきつく胴を締められたシロは足を蹴って抵抗するが、男はものともしていない。いっそう腕に力を込め、シロの耳元に顔を寄せる。

「このあいだ、俺の脚に穴を空けてくれたなあ。痛かったぞ」

くう。シロの喉から空気がもれる。

「おまえにも、もっと痛い思いをさせてやる。最後にはおとなしくなって、俺のいうことを何でも聞くようになる」

シロの顔がつらそうにゆがむ。宙に浮いた足は、力なく垂れ下がった。

女を押さえつけながら、ショータは男のにやけた顔をにらむ。

「やめろ。シロを放せ」

精一杯凄んだ声に、男は冷笑で応える。ふうとつまらなそうに鼻を鳴らして、無造作に一歩つめる。

ごすん。

大きく蹴り出した足がショータの脇腹を捉える。何の反応もできないまま弾き飛ばされて、ショータは地面に転がった。

「おまえこそ無駄なことすんな」

這いつくばって痛みにもだえるショータを男が見下ろす。

「そんな女は人質にならねえし、おまえもこいつもどうせ俺のものになるんだ」

内臓が裏返ったような痛みで顔も上げられずに聞く言葉には、説得力があった。生体が圧倒的に、抵抗が無駄であると感じてしまっている。苦痛を与えることに、そうして相手をコントロールする術に、男は習熟していた。

ナイフを掴んだままの拳を地面について、ショータは震える身体を起こす。値踏みするような男の目と、目があう。

「菌叢越えの連中を追った隊に捕まったかと思ってたが、戻ってきてたとはな」

拾いものだと男はにたりと笑う。

「おまえら、もうひとり、髪の短い女がいただろう？　あいつに手持ちを潰されたんで、代わりが要るんだ」

ここへ来る前に、サエが奴隷兵を倒したことをいっているのだろう。ショータは首を振る。

「サエなら……、死んだよ」

ごまかす。

「へえ」

男は信じたとも信じていないともつかない様子でいう。

「そりゃ、もったいない。あれは活きがよかったから、使いでがあったろうに」

まあいい。つぶやいて男はシロを降ろす。首に腕を巻きつけて、ぶら下げるようにして立たせる。ショータの腿よりも太さのある腕は、その気になれば一瞬でシロの首を折ることができるだろう。

「とりあえず、おまえらを使うことにする。文書と引き替えに物を受け取ったら、越冬所に運ぶぞ」

起きろ、と倒れたままの女を足先で小突く。残りの文書を取ってくるようにいう。それから塔の入り口に向かいかける男を、ショータが呼び止める。

「待て」

男の動きは速かった。

振り返る一挙動で背中にさした斧を抜き放ってショータに向けて突き出す。斧の頭で顔のまん中を強打されて、ショータは弾かれたように倒れた。

「わかってないようだな」

人狩りの口調は不気味なほど静かだった。

「命令するのは俺だ。余計な口は利くな」

ぶはあ。ショータは潰れた鼻から流れ出る血をおさえながら、口で呼吸をする。倒れていると二度と立てなくなるような気がして、無理やり半身を起こす。痛みで頭がくらくらして、あふれた涙で視界がぼやけた。突き出された斧はゆらぎなく、次に何をいおうとショータに新たな一撃を加える意思をまとって顔の前にあった。

ぶはあ。はあ。

ショータは鉄臭い空気を吸う。それから意を決して、口を開く。

「もつれ手のノルン」

機械的にくり出されかけた次の一撃が、ショータの目と目の間でぴたと止まった。不意に出されたクランの長の名前が、人狩りの男の脳でなにがしかの反応を引き起こした。

「……何だって？」

「もつれ手のノルン。おまえたちの長には、腕が四本あるだろう？」

男が眉を寄せる。長のことは、クランの内部でも知るものが限られている。

「どうしてそれを？」

ぶふう。息つぎをしてショータは続ける。

「ノルンは、聖霊《ノーム》だな」

四本の腕、補肢を生み出した、データ世界の隣人。

人狩りの男が斧を引く。

「ノルンのことを知っているのは、あいつと同じで、ぼくが聖霊だからだ」

男の表情に驚きがあった。ショータはたたみかける。

「ノルンにいわれているだろう？　聖霊には手を出さないように」

勘だった。データ世界からきた者に関しては、特別な指示がされていておかしくないと思ったのだ。もちろん、手を出すなではなく、見つけ次第殺せ、という可能性もあった。

人狩りの男は顔をゆがめて、しぶしぶとうなずいてみせる。

喉に溜まった血を吐き出しながら、ショータは立ち上がる。ナイフを握ったままなのを思い出して、腰の後ろの鞘《さや》にしまった。正面からやりあってもかなう気はしないので、いっそ手ぶらで、聖霊の余裕を見せたほうがいい。

「じゃあ、シロを放してもらっていいかな」

どこか釈然としない顔をしながらも、男は腕を緩める。シロはよろめきながらその手から逃れて、ショータに並びかける。呟き込みながら寄り添うシロを背中にかばって、ショータは男と向き合った。

「……くそ」

ついてないと、男は斧の長柄を地面に打ち付ける。これ以上ないほどに苦い顔をしながらも、長の言いつけは守るつもりでいるようだった。

「ノルンに会わせてほしい、どうすれば？」

ショータの言葉に、男はじろりと目を上げる。

「長は、長がそう思ったときにだけ姿を見せる。会いたいと思って会えるものじゃない……」

「じゃあ、ぼくが越冬地に行けば？　そのうちに現われる？」

「……かもしれねえが」

男の眉間のしわが深くなる。面倒を嫌がりながらも、長と同じ聖霊だというショータをどう扱うべきか逡巡していた。ううと唸り、それからショータに、ここから二日ほど離れた場所を告げる。

「越冬地は教えられない。今いった辺りまで来れば、迎えが行く」

敵の多い黒の一統が、用心深いのは無理もない。ショータはそれでいいと応える。

「俺は先に戻る。おまえを長に引き会わせることを、越冬地の連中に説明しなくちゃならねえからな」

ひとまず話は済んだとばかり、男が斧を背負い直す。さっと視線を回して、奴隷の女が残りの文書を持ってきているのに声をかけた。

「文書と引き替えに食い物をもらっていく。おい、さっさとそいつを塔に運べ」

ふらふらと、女は文書の束を抱えてくる。毛皮に包んでさえ、嵩張って持ちづらかったそれを、女は突き出たお腹の上で積み重ねるようにしていて、足下がちゃんと見えていなかった。あっと声がしたかと思うと、女はつんのめるようにして、勢いよく前に倒れた。

「……ちっ」

人狩りが舌打ちする。見かねたかのように、シロがぱっと走りだして、倒れた女のところへ向かう。

力ない、苦痛のうめきが、途切れがちに聞こえていた。女は、お腹を抱えるように丸くなって、横倒しに地面にうずくまっている。ショータが近づくと、傍らでしゃがんだシロが困ったような顔を上げた。倒れた女の尻の辺りが、赤黒く濡れている。血だ。

ごすごすと人狩りの男のブーツが近づく音に、女はびくりと肩をふるわせた。

「……あーあ、くそ」

ただ痛みに耐えて歯を食いしばるしかできない奴隷女を見下ろして、男は腹立たしげにいった。

「これじゃ、もう使えねぇ」

だいじょうぶです。消え入りそうな声でそういって、女は懸命に半身を起こす。近くに落ちた文書に手を伸ばして、つかみ損ねてくずおれた。

うぐ。苦悶の声をもらして、膨らんだお腹を両腕で抱え込む。丸くなって、動けなくなる。粗末な服を濡らした血は、痩せて汚れた女の腿を伝って地面に滴る。切迫流産だろうかとショータは思う。荷物を運んで歩かせるのはとうてい無理そうにみえた。

「くそ」

人狩りはもう一度毒づいて、凶悪な目を宙に向けた。

6

「だって、仕方がなかっただろう。放っておくわけにもいかないし」

憮然とした賢老に、ショータが説明する。

文書と引き替えた、人狩りの男の取り分は、ショータが後から運ぶことで話がついた。黒の一統《クラン》の越冬地には、どうせ行くことになる。身重の女を突き倒したり馬乗りになったりしたので、少しばかり責任を感じてもいた。

男が先に出発した後で、倒れた女をシロと二人で塔に運び上げた。デヴォが、痩せこけた女の身体を検めて、胎児の心音を確認した。胎盤の一部が剝がれて出血したらしい。すぐに産気づくことはなさそうだ、というのがデヴォの見立てだった。

ベッドに寝かせる前に、女は少しだけ目を覚ました。自分が捨てられたことを知って、しばらくの間、天井を見上げて無言で涙を流していた。今は大きなベッドをサエと分け合って、二人とも眠っている。

はあとため息をついて、女二人が横たわるベッドを賢老が見下ろす。

「わかっていると思うが、塔には、大勢をまかなうほどの蓄えがない。冬を越すのと、一晩もてなすのとは、わけが違う」

「文書なら、たくさん持って来ただろう、その分の面倒はみてやってほしい」

規則でいえば、そのとおりだった。老人は渋々うなずく。

「それに、ぼくはもう出て行く」

夜が明けたら出発することは告げてあった。黒の一統の越冬地で、ノルンに会おう。デヴォがうなる。ごつい顔の中で目を細めてショータを、それからベッドのサエを見る。サエたちの面倒をみてもらえるという意味だとショータは理解する。礼をいう。

かつてコミュニティを維持していたのなら、妊娠した女の世話も経験があるだろう。

よし、とショータは腰を預けていたベッドから立ち上がる。窓辺に近寄って、外を透かし見る。夕暮れから降り始めた雪が、今はいっそう勢いを増して、暗い空をひらひらと舞っている。明日は、積もった雪の上を歩くことになるだろう。

ショータは、人狩りの男に聞いた、越冬地までの道のりを思う。その辺りの土地鑑はないけれど、相手に渡す荷物を運んでいくので、向こうが探してくれるはずだ。荷造りをして、その夜は部屋の隅で休ませてもらった。

明くる朝、ショータは静かに目を覚ます。荷物を階段の下に運んで、扉を開けてもらうために階上に戻る。眠っているサエの呼吸は落ち着いている。峠は越えたようだった。頬には血色が戻り、枯れ草みたいな短い髪も、シロがきれいにしてあった。

ショータは、棄種の世界で姉になった、勇敢でちょっと不器用な女の子の頭を撫でる。実年齢では孫の孫ほども離れている幼いサエのことを、ショータは姉のように感じる。サエとの出会いがなければ、ショータは培養した生体に乗ったクウのままで、もっと早くに、たぶん死んでいた。

そのことを感謝すべきなのかどうか、考えはない。感謝するのだとして、何にそうすべきなのかも。

ただ、サエたちと過ごした何気ない日々の端々によろこびがあったのは間違いない。サエに教わり、狩りをして、食べて、眠るとき、ショータにはそれらを正しくしている感覚があった。ただ生きるだけのことがとても難しい菌叢のほとりを、サエの魂は懸命にひたむきに解釈した。サエの魂が日々の営みで生み出すささやかな体験は、ショータの魂に正しく刻まれていた。

「そうだ、これ」

ショータは腰に手を回すと、下げたナイフを鞘ごと外す。菌叢で生き抜くために、サエが大事にしてきたもの。しばらく借りていて、大して上手く使えなかったけど、自分の手にそれがある間、ショータはとても心強かった。

「返すね」

ベッドの枕元にそっと置く。手を引きかけたら、不意にサエが身じろぎした。

「んん……」

枕元に腕を伸ばして、そこに置かれたナイフとショータの手に触れる。うっすら目を開ける。

「……ショータ?」

ぼんやりと、半ば眠ったままの目がショータに向けられる。力の入りきらない手で、ナイフを押し戻してきた。

「貸してやる」

ささやいて、真剣な表情になる。菌叢で弟に狩りを教える姉の顔。ショータはナイフを手に取り直す。サエは満足そうな顔になって、再び眠りに落ちかける。その口が小さく動いたので、何かいいかけたのかとショータは顔を近づける。

ぽん。

身を屈めたショータの頭に、サエの手が触れた。「頼んだよ」の合図。しばらくじっとして、ショータはうなずく。サエはまたすっかり眠って、安らかな呼吸がその胸をゆっくりと上下させていた。

デヴォが姿を見せた。ショータはベッドの傍らから立ち上がる。扉を開けるように頼んで、階段を降りた。暗い中、荷造りされた大きな荷物の横に、シロがいた。

手伝ってもらって、ショータは荷物を背負う。十数冊の文書と引き替えた保存食は、ひとりが冬のいちばん厳しい時期をしのげるほどもあって、重い。

「一人で運ぶのは無理じゃない？」

ふらつきかけたショータを支えながらシロがいう。

「どうにかなるよ」

ショータが応える。嘘ではなかった。サエを運んだときに比べたら、ぜんぜん何ともない。

シロは首を振る。

「知らない場所に、雪の中を行くのに、迷ったときのこととか考えてないでしょ」

それに、帰ってくるときのことも。

いいながら、シロは足下から自分の荷物を拾い上げる。肩から弓を斜めがけにする。

「カニは無理でも、小さな獲物ならまだとれる。弓があったらね」

いっしょに来る気らしいと知って、ショータは驚く。

「雪の上の歩き方も知らない聖霊《ノーム》ひとりで、行かせるわけにいかないわよ」

ううとショータはうなる。

「シロは……、ぼくが聖霊だと知って、何ともないの?」

「べつに」

最初からそんな気はしていたし、聖霊だからといって何か特別なことができるわけでもない。

「むしろ、できの悪い弟って感じだもの」

がたたん。扉が開いて風が吹き込む。シロは手を伸ばして、ショータのフードをなおしてやる。ちょっと背が伸びたのかなと思う。立てかけてあったサエの鉄パイプを手渡す。

ショータはそれをしっかりと握った。

扉の外には一面、雪に覆われた景色が広がる。冬が来た。これから季節は日に日に厳しくなる。大きく息を吸って、シロは白い息を吐く。

「早く行って、少しでも早く戻ろう」

かついだ荷物に手を添えるようにして、ショータの背中を押す。そうして、二人で歩き始める。

雪の積もったがれきの山をひとつ越えた辺りで、ショータはひとりで来なくてよかったと思い始めた。雪は足が埋まるほどではなかったけれど、歩きづらくて余計な体力を使わされた。斜面は特にそうで、滑ったり足を取られたりで、何度も膝をついたり転げそうになった。荷物のせいでバランスが取りづらくて、その度にシロに支えてもらった。

「ね。ひとりじゃきつかったでしょ」

認めざるを得なかった。生命として何百年生きていようと、聖霊であろうと、生体としては発育不良の子供でしかないのだった。

思うように歩けないもどかしさはあったけれど、雪の降り積もる市街は新鮮だった。空気は冷たいけど澄んで、気持ちがいい。白く均質な眺めは、いっそ美しいとも思えた。

そうやって、のんきに景色を見ているショータとは対照的に、シロの表情は険しかった。雪は足場を隠していたし、風が強くなって地吹雪にでもなれば、あっというまに方向さえわからなくなる。そのことをシロは知っていた。冬は、怖いものだった。

「ショータが危ないことを平気でするのは、死ぬのが怖くないからなの？　聖霊は、みんなそう？」

カニを仕留めに狭い穴に潜ったり、崩れる壁に気づかなかったり。菌叢でマフが外れても気にしなかったり。

「どうかな……」

菌叢のほとりで生きた経験がない、というのはあるにしても、確かに無頓着ではあった。生にバックアップがあったデータ世界の名残だろう。世界と自分の間にある、薄い膜のせいかもしれない。

「聖霊の世界では、自分が死のうと思わない限り死なないんだ。食べなくてもいいし、手や足がちぎれてもすぐに元通りにできる」

へえとシロが白い息と一緒に吐き出す。

「だから、死ぬことについての感じ方が、ちょっと違うのはあると思う」

「でも、今のショータは死ぬんでしょ?」

「うん。今は死ぬし、傷つくし、お腹も減る。それで、死ぬのが怖いかどうかは……、本当のところ、よくわからない」

生命としてのショータは超がつくほどの老人で、体験《コンテンツ》としての死は何千回と味わっていた。それでもわからなかった。

ぱぎり。

ショータの足が薄い氷を割ってぬかるみに踏み込んだ。わっと短く声を上げてバランスを崩した身体を、シロが抱きとめる。

「わたしも、死ぬのってよくわからなかった。それよりも、痛いとか、お腹がへってつらいとか、そっちのほうが怖かった。お腹がすいたまま眠って、起きたらもっとひもじくて、そんなのがずっと続くと思うとやりきれなかった」

濡れたブーツの足をショータが振る。とんとんと地面を踏んで、水が入っていないのを確かめて、また歩き出す。

「……でも、サエが死んでしまうかもってなったときに、やっぱり死ぬのはとても怖いことなんだって思ったの」

「怖い……？」

「そう。サエが死んでしまうのは、お腹がからっぽなことよりもつらくて苦しいんだと思った。その苦しさは、ずっと続く。サエのいないつらさは、サエにしか元通りにできないから」

シロは、寒さではない何かに身体をぶるっと震わせる。それからショータの目をまっすぐに見る。

「サエが元気になったら、もういいよっていうのは、ナシにする。サエにもいわせないし、わたしもそんなこと絶対に思わないようにする」

きっぱりといった。

それから二人は黙って歩く。さくさくと雪を踏む足音だけがする。しばらくして、シロが口を開く。

「ショータもだよ」

ゆるがない口調。

三人でこの冬を生き延びて、次の春も、その次の冬も。シロはうんうんとうなずく。

きょうだいで、生きていくことを諦めない。

いうほど簡単ではない。サエがケガをして思い知らされた。ちょっとしたことで、ここでの生活は立ちゆかなくなる。薄い氷の上の生。踏み抜いてしまうと、誰にも、何をしてあげることもできない。

「……もし、サエがよくならなくて、ずっと苦しそうでも？　そのときも、もういいよ、っていうのはナシ？」

意地悪な聞き方だったけれど、シロはあっさりと応える。

「本当に死にそうなほど苦しいときは、しょうがないよ。そんなときがいつか来るのはわかってるけど、サエは助かった。でしょ？」

そう思う。ショータはうなずく。

「だから今は、やることをやるの。明日、もうだめだって日がくるかもしれないけど、今日やらないと、明日もこない」

シロはそういって、荷物を支える手に力を込めた。

冬の日は短くて、そのうちに辺りは暗くなってくる。大荷物を抱えた二人きりのはぐれなんて、相手が誰でもいい獲物だ。なるべく足跡をごまかしながら、二人は適当な建物を探して潜り込む。用心のために火も焚かず、がれきの隙間で身を寄せ合って、夜をやり過ごした。

凍えながら抱き合って朝を迎えると、ショータは崩れかけの壁に上ってルートを見定めた。

「今日中には、男がいってた辺りに出られると思う」

話では、菌叢に飲まれかけたガレ場で、視界の開けたところらしい。往来を見定めて人狩りをするための場所なのだろう。そこを歩いていれば、向こうが見つけてくれるはずだった。荷物を分けて担げるようにして、二人は出発した。

「はい」

シロが朝食のカニ肉をちぎって、半分を差し出す。ショータは受け取ってすぐに口に入れる。噛んでいると、昨日からの空腹を体が思い出して胃がきゅっとなるのがわかった。

「聖霊の世界では……」

もぐもぐしながらシロがきいた。

「食べなくても生きていられるっていってたけど、食べないで何をしてるの？」

物理世界では、しょっちゅう何かを食べる。食べたくても、食べられないことも多いけれど。生き物がいろんなことをするのは、いってしまえば食べるためだ。生きているほとんどの時間を食べるために使うこの地の生活からすれば、食べる必要のない聖霊の生活は想像もできない。

「聖霊は食べないし、眠らない。だから、生きている時間のぜんぶで、何かを作り出そうとしている」

「……何か？」

「そう。唄をうたったり、お話を作ったり、絵を描いたり」

へえとシロはあいづちを打つ。どことなくばかにしたふうでもあった。

「他にもたとえば、服を染めたり、刺繍をしたりするよね」

「ああ、うん」

何の飾りもない自分の服装に、シロは目を落とす。

「ああいう飾りは、あってもなくてもいいけど、あったほうが何となく……」

「えらそう？」

シロはアゼチたちの立派な格好を思い出して答える。

「そうそう。そうやって、えらいとか、きれいとか、おもしろいとか。いろんな、新しい意味を、次々に作ってた。聖霊はものは食べなくていいけど、意味を食べないといけないんだ」

各々の魂で体験を解釈して、情報に差異を生み出して、処理し続けるデータ世界のありかた。ショータの説明で伝わったのかどうか、シロはふうんとしばらく考える。

「……つまり、ものとは違うけど、結局は食べなくちゃいけなくて、食べるためにいろいろしてるのも変わらないってことか……よくわからないけど」

荷物を背負い直して、シロは肩をすくめる。

「だって、カニは何度食べてもカニだけど、新しい意味って、一度きりでしょ。だから、ずーっと作ってないといけないんだよね」

返事の代わりに、ショータは深く息をつく。真に新たな、価値ある体験を生み出せなかった凡庸な魂を思う。

「それで……」

さくさく。雪を踏みしめて先に立ったシロが歩きながら振り返る。

「ショータは何を作ってたの？」

唄？　お話？　続けてそうきくシロに、ショータは顔をしかめてみせる。

「つまらないものだよ。耳くそとか」

耳くそ。つぶやいて、シロはフードの上から耳をおさえる。

「それは何だか……、つまらなそうだね」

吹き出す。

「そう、つまらなかったんだ」

ははは。ショータも笑う。


次第に建物がまばらになってきた。話に聞いていたとおりの地形で、二人は目的地が近いと知る。開けたせいで、遮るもののなくなった風が勢いを増した。雪が巻きあがって視界の悪くなる中、二人は風に逆らうようにして進んだ。

ひとつ小山を回り込んだところで、先を歩いていたシロが、不意に見えなくなった。

「あ」

短い悲鳴がすぐに風に紛れる。ショータは一瞬なにが起きたのかわからない。駆け寄ろうとしたら、前に突いた鉄パイプの先が地面にぐずりとめり込んだ。そこから地面が脆くなって、崩れかけていた。

「シロ!?」

声をかけながら、ゆっくりと足を進める。地面はその先で大きくえぐれて、急な谷に落ち込んでいた。縁から身を乗り出してのぞき込むと、ずいぶん下のほうに水が流れているのがわかった。シロは斜面の途中の段差にひっかかって動かない。

「シロ、だいじょうぶ⁉」

大声で呼びかけてみても、反応がない。ショータは谷の斜面を観察する。角度は急だけれど、手がかりはいくつもあって、シロのところまで降りられそうだった。荷物を置いて身軽になると、ショータはそっと谷の縁を乗り越える。

斜面に顔を向けてしがみつくと、考えていたよりもずっと角度がきつかった。踏ん張った足の下に何もなくて、ほとんど垂直のように感じる。思うように体が動かなくて、ショータは自分がすくんでいるのだと気がついた。見上げると自分が降りてきたと信じられないぐらいに険しい斜面があった。

ショータは、取り返しのつかない状態に追い込まれてしまったと感じて、焦った。そのせいで、どっちつかずの動きをしてしまう。脆いでっぱりを足先が踏み崩して、体が宙に浮いた。

地面に叩きつけられるまでの短い時間にショータが感じたのは、恐怖ではなかった。ただ、間違っているという感じが強かった。正しくない。そう叫ぼうと口を大きく開いたのと、衝撃がきたのが同時だった。

ショータが足を踏み外したとき、シロは起き上がっていた。シロ自身は、途中でひっかかったのと、背負っていた荷物のおかげでほとんどダメージはなかった。ショータの体が宙に浮いて、建物の三階ほどの高さを落ちてくるのを、なすすべなく見ていた。

斜面でバウンドして、水に背中から落ちたショータは、そのまま流されかけた。シロは慌てて斜面を滑り降りる。飛び込んで引き上げようとしたけれど、流れに足を取られた。力の抜けたショータの体を抱えてしばらく流されてから、引きずって岸に上がる。

岩の上に寝かせたショータは、息をしていなかった。驚いたシロが体を乱暴に揺さぶると、少しして息を吹きかえした。

「どこもケガはない？」

手は動く。足も。どうもないとショータは首を振る。体重が軽いのと、水に落ちたおかげだろう。

「よかった……」

シロはほっとする。ショータも大きく息をついた。それから、ぶるっと震える。二人してずぶ濡れだった。

このままだと、体が冷えてすぐに動けなくなる。シロは震える体を両手で抱えながら考える。谷の底の狭い岸は半ば水に洗われていて、体を乾かせるような場所はなかった。

「ここじゃ何もできない。崖をよじ登って谷から出よう」

落ちる前の景色を思い出す。荒地にぽつぽつと、いくつかは建物が見えた。そのどれかで雪と風をしのいで、火を焚いて体を乾かす。

「でも荷物が」

ショータが対岸の斜面を見上げる。

「わたしも、水に飛び込むときに置いてきた」

二人が落ちた場所はまだ見える距離だったけれど、また水に入って流れを遡る気にはなれなかった。濡れた体をどうにかしてから取りに戻ることに決めて、斜面をよじ登った。

谷を出ると、吹きつける風が、濡れた体から容赦なく体温を奪った。建物のほとんどは、風もしのげない残骸だった。やっと壁の残った建物を見つけて、どうにか転がり込んだときには、二人とも体の感覚がないほどに凍えていた。

少し落ち着いてみると、そこがかなりいい建物だとわかった。外壁は石造りでしっかりしていて、屋根もかなりの部分が残っている。風が吹き込む開け放ちの出入り口に扉をつければ、そのまま越冬所にできそうだった。

屋根のある、奥まった部屋に枯れ草が吹きだまっていた。シロの弓の弦と小さな木片を使って、集めた草に火を点ける。辛抱強く、少しずつ大きく燃やして、濡れた服を脱いで火を囲んだ。

「あ……、危なかったね」

まだ震えながら、シロが笑う。体が乾いて、一度凍って溶けたマントを絞ってくるまれば、今夜はしのげるはずだ。

「うん」

火にかざした手に感覚が戻ってくるのを感じながら、ショータが応える。二人とも、凍え死んでいても少しもおかしくなかった。それ以前に、谷で滑落したときも、川に流れたときも。死はどこにでもあった。それは、体のどこかにあるきれいな銀色のスイッチという感じではなかった。

「でも、いい場所が見つかってよかった。三人の越冬所にもできそうだね」

炎の照らす石の壁や天井をシロが見回す。鉄とコンクリートで作られた建物より、もっと古い技術で作られた石の建物のほうが長持ちする。ショータはそう話す。ふうん。火の世話をしながらシロが応える。

「市街《まち》は、大勢の人が手入れをし続けることで、住めるように作られてたんだ」

市街は、その外にまで広がった大きな仕組みの一部で、そこで生きる人もその部品だった。部品がなくなった市街は、長いことその形をとどめておくことができなかった。

石で建物を作るのは、もっと人が少ない時代のやり方だった。人は仕組みに頼らずに生きていたし、仕組みもそれほど人手を必要としなかった。それで石の建物は、人がいなくなってからも建っていられた。

「この石の建物は……」

ショータは両手をもみ合わせて、火から目を上げる。

「人が、神さまに祈るために使われていたのかもしれない」

そういった用途のための建造物には、石を使ったものがよくあった。神さまも、人がずっと昔に考え出した仕組みのひとつだ。もしかすると、人が生きるための仕組《インフラ》みとしては、いちばん古い部類のものだった。

「よくわからないけど……」

シロは体をくるっと回して、背中を火に向ける。

「昔の人も、厳しい季節をやり過ごすために、建物を丈夫にしたんだろうね」

壁の向こうでは風の音が続いていた。火を囲んで二人は、包まれていて、安全だと感じる。ぱちぱちと火は揺らめいて、二人の影を周囲に投げた。

温まったシロの裸の背中に赤みがさすのを、ショータは見ていた。はかなげな曲線。陰になった肋骨のくぼみ。肌のあちこちにはぶつけた痕や、古い傷がある。全体としてそれは、静かに生命だった。

「ん？」

目を細くしてじっと見ているのが、眠くなったのだと伝わった。実際、ショータはさっきから眠気を感じていた。シロも、とろんとした目をしている。

中腰になってマントを火のそばに広げて、寝床にすると、シロはその上にお尻をつけて座った。

「ん」

もう一度そういうと、ショータに向けて両手を広げる。水気を切って乾かしていた自分のマントを手に取ると、ショータは火を回り込んでシロの隣に座る。マントを二人でかぶって、一緒に横になった。

「んー……」

シロの腕が巻きついてきて、ショータの胸をぎゅっと抱く。その力が思いのほか強くて、ショータは少し咳き込む。マントの毛皮はまだ少し湿っていたけれど、充分にぬくかった。二人の胸とお腹のくっついているところは、それよりもずっと暖かだった。シロがちょっとだけ目を上げて、火がまだ消えそうにないことを確認した。それからマントの中にすっかりもぐって、目を閉じた。

7

白い夢の中にショータはいた。吹雪の中、見渡す限りどこまでも続く雪原を、ひとり歩いていた。白い世界には、自分以外に誰もいない。長い冬が、明けることのない冬がきたのだとわかった。

不思議と、寒さはなかった。どこも痛くないし、お腹も空いていなかった。前も後ろも何の変わりもない景色の中で、だんだんと自分が歩いているのかどうかわからなくなった。ただ足の動きに合わせて体が上下している感覚があって、そのうちに、本当に体が揺さぶられていることに気づいた。

乱暴といっていいぐらいの強さで小突かれて、ショータは目を覚ます。途端に、視界に黒ずくめの男の顔があって、息をのんだ。跳ね起きて、反射的に身構えようとして、自分が裸なことを思い出した。

シロも目を覚ます。わあと短く叫んで体を起こす。マントを引き上げて、身を守るみたいに体の前で巻きつけた。

黒の一統《クラン》の人狩り部隊が、二人を囲んで見下ろしていた。いくらなんでも油断しすぎだったとショータは思う。話の通じる前だったら、何の抵抗もできずにここで捕まっているところだ。

「俺だ、聖霊《ノーム》。約束どおり迎えに来た」

黒い前掛けの男が、半分あきれたような顔でいう。引き連れた奴隷兵たちも裸の二人を眺めてにやにやしていたけれど、敵意は感じられなかった。

「越冬地まで連れて行く。服を着ろ」

着替え終わった二人が手ぶらなのを見て、男は荷物のありかを訊ねる。谷の向こうに置いてきたとを説明すると、男は凶悪な目をショータにすえたが、怒りを爆発させるのは我慢した。取りに戻る時間はないという男の判断で、一行は越冬地に向けて出発した。

道中に聞いた話では、二人が見つかったのはたまたまでも何でもなかった。この辺りは思ったとおり、黒の一統の狩り場なのだ。石の建物は、ねぐらを求めてやって来る誰かを誘いこむポイントだった。いい場所が見つかったと安心して寝ていると、ショータたちのように簡単に捕まる。越冬所にしようと食糧を貯めていれば、それも手に入るのだった。

ほとんど半日かけて、最後には二人は目隠しされて、黒の一統の越冬地に到着した。

そう説明されても、ショータが立っているのは、どこにでもありそうな市街の一角だった。まだ形を残した、あるいは崩れかけの、骨だけになった残骸の建物たちに、ぐるりと周りを囲まれている。黒の一統は、この辺り一帯を越冬地として、いくつもの建物に潜んでいるのだった。

「長がどこにいるのかは、誰も知らない」

二人を案内した、今や馴染みになった男がいう。

「長がお前に会う気になれば、そのうちに姿を見せる。それまでは、ここに住ませてやる」

それから二人は、壁だけはしっかりした建物に案内された。屋根には大きな穴があるけれど、斜めになった壁を使って工夫すれば居心地よくできそうだった。

部屋を整えて、その後はもう何もなかった。恐らくは奴隷たちが割り当てから捻出させせられた食糧を分けてもらって、二人は所在なく過ごした。

しばらく過ごすうちに、ここの生活が見えてきた。男たちは奴隷兵を引き連れて、何隊にもわかれて出回っているようだった。カニを狩っているのか、他所のクランの蓄えを奪いにいっているのか。たぶん、どちらもやっているのだろう。

狩りに出た連中が戻るのはまちまちで、またすぐに出て行くので、越冬地には、主に女と戦力にならない子供が残っていた。

シロによれば、ここでの暮らしは、他のクランとさほど違っているわけではないらしい。積極的に他所から奪うのと、奴隷を捕まえて戦力を補っているので、他より少しだけ余裕があるかもしれない。シロはそう分析した。そうして、最大戦力である強い男たちが余裕を得る。

「普通のクランでも、狩りをする男たちが真っ先に食べるし、私やサエもしょっちゅうお腹をすかせてたけど……。使い捨てにされないだけ、ここの奴隷よりはましだったと思う」

シロの話を聞きながら、ショータはノルンのことを考える。棄種たちの、非情で物騒な部族《クラン》を束ねる聖霊の王。

ノルンが棄種たちの王になっていたことに、最初は驚かされた。ノルンの率いる部族が、他の人々を襲っていることについても。ただ、ノルンの体験《コンテンツ》から、何かを感じとることができるのは、同じように二つの世界を渡った自分かもしれないとも思った。

たくさんの雪が長く降って、菌叢のほとりは、いよいよ冬に閉ざされる。狩りに出ていた黒の一統の部隊も、それぞれに獲物を携えて越冬地に戻ったようだった。その日、そうして戻ったらしい人狩りの男が姿を見せた。

男が部屋に入ってきたのは昼間だったけれど、ショータは寝床にいた。前の夜に咳が出て、体が重いので休んでいたのだ。男はばさりと黒いマントの雪を払い、寝床の傍らに腰を下ろした。毛皮の上で体を起こしたショータに、雪焼けした浅黒い顔を向ける。しばらく黙って目を細めて、やがて口を開いた。

「聖霊、おまえは何の聖霊だ」

何とは。ショータが聞き返しかけると、男は首を振る。

「長の名を知るおまえが聖霊なのは確かなのだろう。長《ノルン》は戦いと死の聖霊だ。俺たちに戦う力と、すべての者に死をもたらす」

「戦いと、死……」

ノルンが何を考えて、何を語っているのかは知らない。データ世界での印象からすると、戦いと死というのはノルンに馴染みのあるものではなかった。

「長は俺たちに力を示した。四本のもつれ手は、戦い生きる力と死とをそれぞれ持つ。だがおまえは弱い。軽く小突いただけで血を出して倒れるただの子供だ。一体それで何の聖霊なのか」

男は特にショータを馬鹿にするでもなく、単純に不思議そうにいう。

「奴隷にするにしても、一緒にいた女たちのほうがよほど使えそうだった」

「ぼくは……」

何なのだろうと、口に出してからショータは考える。そうやって問われないと、自分が何なのか考えることもない。それから、不意に言葉が口をついた。

「知りたいんだ」

「……知りたいことの聖霊？」

男が首をかしげる。考えながら、ショータは言葉を継ぐ。

「そう……、たとえば……、あなたはなぜ生きるの？」

男は目を丸くする。馬鹿にされたのかと怒りかけて、次に考え込む。

「ん……、ああ。いわれてみりゃ、確かに。考えたこともなかったな……。なぜ、か」

それから、ショータの顔をじっと見る。

「聖霊、おまえはその答えを知ってるのか？」

ショータは薄く笑って首を振る。小さな咳をかみころす。

「知らない。ぼくは答えの聖霊ではないみたいだから」

ふうんと感心したように、男はひげの伸びた顎を撫でる。

「なるほど、そういう聖霊か」

何事かをただ知りたがるだけの聖霊であれば、弱くても、荷物を運べなくても当然か。納得いったらしく、男はうんうんとしきりに頭をうなずかせた。

「わっ」

外から戻ったシロが、部屋のまん中にどっかと座った男の背中に出くわして声を上げた。男は肩越しに振り返る。弓を手にしたシロが、もう片手に仕留めたネズミを下げているのを見て、目を細める。

「役に立たない聖霊に比べて、こっちは使えるな」

惜しいことをしたと男がつぶやくのを聞いて、シロは思わず獲物を背中に隠す。

「ふん。盗りやしねえよ」

いい捨てて戸口を出かけて、そうだと男が振り返る。

「長《ノルン》は明日にも出てくる。そういう触れがあった」

8

その朝、越冬地の様子がいつもと違っていた。目覚めてすぐに、ショータもシロもそれに気づいた。部屋にいても聞き分けられるようになっていた生活音が、その朝はなかった。身支度をして、二人は部屋を出る。

ショータにとっては、久しぶりの外だった。ここしばらくは、部屋で横になっていることが多かったのだ。音もなく降る雪の中に踏み出して、目に入った光景にショータは息をのんだ。

雪に覆われ何もかもが真っ白な越冬地の広場に、黒装束の男たちが整列していた。

総勢で五十人以上はいるようだった。男たちは向き合うように二列になり、体に雪が積もるのを気にかける様子もなく、静かに立っている。武装した偉丈夫がそうして揃って並んでいる様子には、原初的な威圧感があった。何となく身動きするのがはばかられて、ショータとシロも、列を遠巻きに見ながら、ただ立ち尽くした。

風がなく、雪は灰色の空からまっすぐに落ちてくる。小さな氷の結晶が欠ける音さえ聞こえそうなほどだった。

静かすぎて耳鳴りがしているのかと最初は思った。やがてそれは、何かの軋む音になる。音が少しずつ近づく列の向こうに目をこらした。

男が四人、輿《こし》のようなものを担いでいる。列に並んだ男たちと違って、白く長い貫頭衣で揃えた四人は、神官のようだった。神官が肩に乗せた輿は、遠目にごちゃごちゃと、何らの美的観点なくがらくたを積み重ねたように見える。木やさびた金属。骨や皮。市街《まち》で見つかるよくわからない何か。それらが脈絡なく組みあわされた輿は、神官の歩みにあわせてきいきいと軋む。そして、輿の中央に、その人影があった。

「……ノルン」

がらくたを背負った玉座に、聖霊は座っていた。ショータのところからでは、顔つきや、細かなところまでは見分けられない。ただ、大きく四本の腕を広げた人影が、補肢をもった誰かなのは間違いなかった。

輿はゆっくりと、黒ずくめの男たちの間を行く。儀式めいた長の降臨は、列を通り終えたところでクライマックスを迎えた。列から一人が輿の前まで歩み寄って、どこから取り出したのか、オオツノウシの頭部を両手で高く持ち上げる。ウシの頭は毛皮に覆われていて、立派な角が大きく左右に広がっている。ウシを掲げているのは、ショータたちには馴染みになった背の高い男だった。

男が低く歌うように何かいって、輿の上のノルンが短く応える。低く高く続く掛け合いは、何をいっているのか少しもわからない。ショータの知る限り、データ世界で使われていたどの言葉でもなかった。

四本の腕が伸びて、牛の頭をしっかりと受け取る。ノルンがそれを自らの頭上に高くさし上げると、居並んだ男たちが一斉に吠えた。歓声というよりは鬨《とき》のような、野太い咆哮が雪の上を渡った。

輿から降りて、ひとときノルンは男たちに囲まれる。口々にわめきながら男たちが手を伸ばし、聖霊の王は祝福を与えるように、四本の手でそれに触れた。それから少しすると人の輪が開いて、ノルンがひとり、雪の上を歩いてきた。

大きい。近づいてくるノルンの体格に、ショータは圧倒される。自分が子供の体をしていることを差し引いても、見上げるその体軀は相当に立派だった。デヴォがそうしたのと同じように、ノルンも頑健な生体をデザインしていたのだ。

ショータたちの前で、ノルンは足を止める。青白い膚《はだ》の下にみっしりと量感のある肉が詰まった胸を誇るかのように、上体は裸にマントを羽織っただけの姿だった。そのせいで、両肩で分岐した腕の動きもよく見える。

いつかデータ世界でそうしたように、ノルンは舞踏を思わせる優雅な動きで、四本の腕を交差させる。そうして腕組みをして胸を反らすと、首をかしげた。ひげと恐ろしげな隈取りとの間から、見覚えのある目が、ショータをじっと見下ろす。

「……クウ、か?」

菌叢の言葉ではなく、データ世界の標準音声仕様だった。そうだと答えかけて、ショータは首を振る。

「今は違う。ショータだ」

そうかとノルンは目を細める。呼称は特に重要な属性でもない。

「ではショータ。俺がわかるか？　ノルンだ。正確には……」

「正確には……、コピー？」

ショータが言葉を継ぐと、ノルンは逞しい顎をひいてうなずく。

「あっちで選択的孤立《スタンドアロン》になっている間、俺はこの体で、棄種たちの世界を生きている。おまえも通ってきた、あの普遍的無意識の底の穴から出てきて、ずっと」

穴は、見つけようとしなければ、決して見つからない。強く出口を求めて、ノルンはショータよりもずっと前にそれを見いだしていた。

「あれはカニのセキュリティホールだ。データ世界はそのうちにあれをふさいでしまうかもしれなかった。だから……、間に合ったってことかな、クゥ」

「間に合った……、そうなのかな」

穴を見つけて、生体をオーダーして、データ世界から出る準備はしてあった。穴をふさがれて出ることができなくなっていたら、データ生命の自分はどうしていたのだろう。百年一日のように、価値があるともないともわからない生を、紡ぎ続けていたのだろうか。

それとも、データ世界でグズグズしているうちに、この世界が冬に閉ざされて絶えていたら。棄種たちの最期を体験《コンテンツ》として消費して、その後クゥはどう生きたのだろう。役立たずの子供として菌叢を這い回れなかったことを、後悔しただろうか。

「あの日……。感覚をつないで同時体験していたカニが暴走したのは、穴の存在をぼくに教えるヒントだった？」

そうだとノルンはうなずく。

「だが、誰が導かなくとも、おまえはやってきただろう。おまえの信じる世界は、常にここではないどこかにしかないのだから」

そのとおりなのだろうとショータは思う。あれは、単にきっかけだった。その他にもたくさん、到底感知しきれないほどのパラメータが、ショータをここまで運んできたのだ。

ノルンが導いたから。それでショータは今ここにいるのかもしれない。恋人と清潔なシーツに包まれて幸せを感じてしまったからかもしれない。カニがきのこを踏んだからかもしれない。ここは、ぼんやりと開けた可能性の先だった。正しいも正しくないもなく、ただ、そうなったのだ。

それでも、ショータは今、貧弱な肉をまとって寒さに震えている自分が、それほど間違っていないと感じる。そう感じていると知っておいてほしくて、胸を張ってノルンとまっすぐに目をあわせた。

二人の聖霊が顔を見合わせる横で、シロが身じろぎする。シロはノルンが恐ろしかった。恐ろしいもつれ手の男と心を通わせているショータも、やっぱり聖霊なんだと思った。弟みたいな痩せっぽちの男の子が離れていきそうで、思わず横から手を伸ばした。

「干渉を嫌っていた君が……」

シロの手を握り返しながら、ショータはいう。

「ここで棄種たちの王になっているのは、どうしてなの？」

ああとノルンは苦笑する。少し考えて、口を開いた。

「俺が、王になったわけじゃない。超越的な聖霊の王という観念を、棄種たちが作り出したんだ」

これと同じだと、ノルンは補肢を広げてみせる。

「異形の聖霊との遭遇。俺が作ったのはその体験で、彼らがそれを解釈して、様々に新しい価値を生み出した。聖霊には力があり、部族を導き、守護する。闘争の結果の生も、敗北と死も、神聖で不可知な、この世でないところからもたらされる」

信仰の萌芽だとショータは思う。

「……神になりたかったの？」

ノルンは挑むように目を細める。

「だとしたら？」

黒の一統《クラン》が暴力をふるい、人々を虐げているのが、ノルンの意図だとしたら。データ世界では干渉を批判しながら、コピーした生体で棄種たちの神になろうとしているのだとしたら、歪んでいた。ショータはシロやサエのために、奴隷兵のために、そのことを怒っていいように思えた。

ノルンは悠然と口を開く。

「神になることを、恐れる必要はなかったんだ。こうして、限りある肉の生を生きている間、俺はそのことを実感できる」

聖霊の王の目が、すうと暗くなった。

「データ生命としての俺にはわからない。いまだに、よく感得できていない……」

四本の腕を持ち上げて、ノルンは頭髪をかきむしる。

「神さまっていうと、空の上のほうでぴかぴかしてる奴を想像するだろう。それとも、がらくたで飾った輿に載せられた誰かを。けれど、そうじゃない。神は……」

ノルンは泣き出しそうに、笑うように、顔を歪める。隈取りのせいか、ぞっとするようなものがそこにある。

「神は死に、朽ちて砕かれ。流れの中に、淀みの底にあるものだ」

土だ。ノルンはいう。きのこが菌糸を伸ばす、菌叢の腐った土だ。

「神でも土でも……、黒の一統は、それを信じている」

信じるから、ためらいなく襲い、奪う。異能の長は、黒の一統の生存基板《インフラ》だった。

「俺がそうせよと告げたわけじゃない。輿の上で、俺はただでたらめをわめく。棄種たちが、人が、ノイズの中に自分たちの見たいものを見いだしただけだ」

ノルンは口をかっと開いて息を吐いた。声のない笑い。

不意に、ショータは息苦しさを覚える。ノルンの惑いが、恐れが、どうしようもなく押し寄せた。ふらつきかけた細い体を、シロがそっと支えた。

聖霊の王は、寄り添う小さな二人を黙って見下ろす。全身の威圧感にもかかわらず、その目には親愛と呼べそうなものがある。体験を咀嚼して循環させるデータ生命の本能が、ショータを求めている。

「さあ、次はおまえが聞かせてくれ。おまえの求める正しい世界。美しく精彩豊かな世界はここにあったか？」

ショータは息を整える。少し考えて、首を振る。

「ないよ」

感覚を操作できない物理世界は、むしろもどかしかった。何かのために作られたのではなく、単に、ある世界。不随意で、不自由で、ショータは発育不良の体を抱えた半端な魂だった。

だろうな。ノルンは息をつく。

「おまえは、世界を正しく捉えられないと思っている。その、頼りない感じは……、異なる世界を渡り、何かを見つけ出し、脅威を打ち倒すことでは解消できない」

たぶん、そのとおりだ。

美しく、生命感にあふれた世界を、ショータは渇望する。正しい世界の仲間に、ショータはなりたい。

ただ、そのために何を探すのか、どこを探すのか、ショータにはわかっていない。ショータは世界の正しい姿を知らない。

「おまえには探るべき謎も、倒すべき脅威もない。おまえには敵がいない。かわいらしい棄種の女の子も、おまえの求めるものを見つけてはくれない」

また息苦しさがつのる。ショータの呼吸が浅くなる。

「誰も、おまえの味方になってやることができない。敵になってやることができない」

ノルンの声は悲しげだった。

「ここはおまえのゴールじゃない。おまえはどこにもたどり着いていない」

そう、ここは途中だった。これまでのどこもが、そうだったように。

口にしかけて、声にならない。弱々しい咳だけがこぼれた。

それでも、伝わっている気がした。ノルンとショータは、お互いの結び目だった。

聖霊の王は、少し肩を落とす。体を屈めて、うつむきがちのショータに顔を寄せる。陰になった顔から表情がなくなる。

「おまえの居場所は、ここではない」

静かで、厳かな口調だった。白く寒々しい世界に、言葉が寄る辺なく吸い込まれていった。

そして、気が遠くなった。

9

ぼくは途中だ。
ずっと前から、今も。
途中で立ち止まっている？
ちがう。ぼくたちは立ち止まることができない。
そこに居場所がないから。
だからぼくたちは、ずっと途中だ。

横にされて体が温まって、やっと呼吸が楽になった。ショータは割り当てられた部屋の、寝台の上で目を開ける。シロがショータの手を握って、心配そうにのぞき込んでいる。うん、もうだいじょうぶ。体が冷えただけ。首を起こすと、狭い部屋に体をたたむようにして座ったノルンの姿があった。聖霊の王は古い友達の目をショータに向けている。
「ぼくはただ、ここではないどこかを求めて、データ世界から出てきた」

ショータの言葉に、ノルンは深くうなずく。

「ここではないどこかは、生命にかけられた呪いだ」

生命は、変わり続けないと成り立たない。呪われた生命はとどまることができずに、常に次の場所へと向かう。どこを目指すわけでもなく、ぼんやりとした可能性のほうへ。

「時々、呪いに負ける魂があるんだろうね」

「呪いには、誰も勝てない。戦える相手でもない」

そうだね。ショータは目を閉じて、ゆっくりと息を吸う。

「俺は……、怖かった。いや、怖いんだ……」

ノルンの静かな声に、ショータは首を回す。聖霊の王は顔をうつむけて、続ける。

「こうして肉を持った生に戻っても、俺の魂はデータだったときと変わりがない。作られた知性の演算は、俺たちの魂を損ねない」

ショータはうなずく。データだった自分を思い出してみても、今の自分とつらなっていると感じる。

「作られた知性は、俺たちには理解できないやり方で、俺たちの魂を演算している。俺たちの脳や生体機能をぜんぶシミュレートするのでなく、何らかの計算処理《アルゴリズム》で効率化している。つまり……」

ノルンが顔を上げる。その目の奥深くに、針で突いたほどの怯えがゆらめいている。

「作られた知性は、俺たちには見えないパターンを、俺たちの魂に見つけているんだ。パターンがあるから、計算処理できる」

青く隈取られた聖霊の王の顔が、苦しげにゆがむ。

「魂にパターンが読み取れるのなら、やつには……、計算された知性には俺たちの行く末もわかるんじゃないのか？　生きるとは、生命とは最終的に何であるのかがわかって、その答えをもう出してしまったんじゃないのか？」

「答え……」

ショータは思わずつぶやく。

ここではないどこか、ではなく、必ずここだという地点。そこに到達したら、もう次にどこに向かう必要もない。

ノルンはぎゅっと目を閉じて開く。震えるほどの寒さなのに、額には汗が浮いている。

「作られた知性は答えを得て、生命の行き着く先の、その向こうへ行ったんじゃないのか？　俺たちには見えない、理解もできない、感じることさえできない在り方。俺たちは置いていかれ、棄てられてるんじゃないのか？　俺たちみんな棄種なんじゃないのか？」

わめくようにいって、ノルンは大きく息をつく。

「……俺は怖いんだ。俺たちが本当はもう終わっていることを知っている知性が、俺たちの右往左往している様をじっと見ていると思うと、恐ろしいんだ」

ショータはノルンの空虚な目をのぞきこむ。ノルンの恐怖がショータにはわかる。生命とは、生きるとは何であって、どこに帰着するのか。それは、わかってはいけない。

そういいかけたとき、ふとノルンの表情が緩む。

「そういえば、おまえは、問いの聖霊だと名乗ったそうだな」

「ああ、うん。そうだったかも」

人狩りの男に聞かれたとき、そんなふうに答えた覚えがあった。

「それはおまえを正しく表している。問いの聖霊よ」

不意に、ノルンは厳めしい口調を作る。

「ならば今、もつれ手の聖霊王が、汝《なんじ》に告げよう」

四本の腕を芝居がかって広げ、優雅な手つきでショータを抱え起こす。くすり、とショータは笑う。ノルンがこの場を体験《コンテンツ》にしようとしているのがわかった。偉大なる聖霊の王に抱《いだ》かれて、問いの聖霊は神妙な顔を作る。

「生と死と抗いの、すなわち生命の司たる王の名において。問いの聖霊よ、その問いが決して真を得られぬとしてもなお、問え」

自然と、ショータは頭《こうべ》を垂れた。

「そして聖霊よ。その行く手がただ虚無であるとしても、なお、生命の名の下にいう……

……」

聖霊の王は、きっぱりと告げる。

「行け、と」

その日のうちに出発した。

雪はがれきの上を厚く覆っていたけれど、道を選べば雪用の装備がなくても進める状態だった。人狩りの男が案内して、越冬地から二人を連れ出した。時々咳きこんで息を切らしながら、ショータは男のペースにどうにかついていった。

何となく見覚えのある開けた場所まで来て、男が足を止める。斧の柄で一方向を指して、塔までのルートを告げると、シロを先に行かせた。ショータも続こうと男の横を通りがかると、呼び止められた。

「聖霊」

顔を上げると、男は値踏みするように目を細める。

「聖霊、おまえ、顔色が悪いぞ。そろそろ死ぬんじゃないのか？」

少しも心配した様子もなくいう男に、ショータは力なく笑って首を振る。確かに、疲れてはいた。

ふん。男は鼻を鳴らす。横目で、少し離れて立っているシロをみて、声を低くする。

「おまえが死ぬなら、あの女はもらう」

瞬間、頭に血が上った。男をにらみつけ、体をひく。手は自然と、腰の後ろのナイフに伸びた。勝てる相手ではないけれど、刺し違えてでも男の足を止めて、シロの逃げる時間を稼ぐつもりだった。

「ははっ」

挑むようににらむショータを見下ろして、人狩りの男が笑う。戦う気はないと、ひょいと両手を挙げてみせる。ショータが構えを解かないのをみて、もう一度笑う。

「聖霊、おまえは俺に、なぜ生きるのか聞いたな？　あれから考えてみたんだが……、それが答えだ」

男は指を立てて、ショータの胸の辺りをまっすぐに指す。何のことかわからず、ショータは戸惑う。

「おまえは女を守ろうとして、俺に斬りかかるつもりでいた。その手にナイフを握った」

いわれて、ショータは自分の手がナイフをつかんでいたことに気づく。ゆっくりと指を放して、その手のひらを見つめた。男がにやりとする。

「俺に勝てると思っちゃいなかっただろう？　それでも、そうした。戦う気だった」

目を上げて、ショータは力を込めてうなずく。

「どうせ明日死ぬんなら、今日あきらめてもいい。どうせ次の冬には死ぬから、春に獲物を探さない。そんなふうに考えてったら、最初からぜんぶあきらめて、生きるのをやめちまっても同じってことになる」

男は太い腕を胸の前で組む。得意げに顎を上げる。

「なぜ俺は生きるのか。それは、俺があきらめてねえからだ。いつか死ぬのがわかってても、今日生きるのをやめねえんだ。聖霊、お前が女をあきらめようとしなかったように」

人狩りの男は横目でシロを見る。視線を追うようにしてショータもそちらに目をやった。弓を構えて、シロが立っている。ショータと男の間に何事があったのかと、油断なくこちらをみつめている。

「みろよ、あいつもだ。あいつもあきらめてねえ」

な、とショータに向き直って、また両手を広げる。そう、シロは生きることをあきらめない。サエは一度あきらめそうになった。けれど、きっともうだいじょうぶ。

「さて、と」

大きく息をついて、男がいう。

「俺は戻る。またあの女に射たれるのはゴメンだしな」

あっさりと踵を返す。来た道を戻りかけるその背中に、ショータは声をかける。

「ねえ」

人狩りの、大きなブーツが雪を踏んで止まる。

「この冬が、二度と明けることのない最後の冬だとしたら？　それでもあきらめない？」

「それは予言か？　聖霊……」

男は肩越しにショータに目をやる。ふんと鼻を鳴らす。

「自分でいっただろう、答えの聖霊じゃないと。だからおまえは答えを知らない。この冬は最後の冬じゃない」

うんとショータはうなずく。次にいつ氷河期が進行するのか、ショータは知らない。この地の棄種たちが、黒の一統の男が、シロが、サエが、もしかするとその子供たちが、いつまで生きていられるのか、ショータにはわからない。

「いいか、聖霊。いっておいてやるが……」

男はショータに向き直る。

「たとえこの冬が最後の冬でも、次の冬が二度と明けないとしても……、同じだ。俺は、死ぬそのときまで、生きる」

当たり前のことだと男はいう。

「気楽な聖霊と違って、こっちは生きるのに必死なんだ。いつ終わりが来るかなんて心配ばかりしてるヒマはねえ」

ぶんと腕を振る。それから今度こそ、きっぱりとショータに背を向ける。大股の、確かな足取りで、男は雪の上を遠ざかる。

「……何を話してたの？」

ショータの傍らに、シロがやってくる。小さくなる黒ずくめのシルエットに目をやりながら、ショータは答える。

「大したことじゃない。道を、教えてもらっただけだよ」

疑わしげな顔をシロがする。ショータは顔を行く手に向ける。

「さあ、ぼくらも行こう、シロ」

ふうと白い息を吐いて、さっき男が示した方向に、先に立って歩きはじめる。

意外なほど速いペースでショータが行くのを、シロが追いかける。並びかけて、しばらくして、先頭を入れ替わる。雪に埋もれた足場を見分けるのは、やっぱりシロのほうが上手だった。

そうやって歩きながら、シロは何度も振り返って、ついてくるショータのことを確認した。足取りはしっかりしていて、咳もしなくなった。シロは安心する。聖霊の王と話している最中に倒れたのは、きっと大したことがなかったのだ。もう元気になって、明日には塔に帰り着ける。シロはそう考える。

行きに通った、覚えのあるガレ場の景色。そのうちに、市街の建物の向こうに塔が見えてくるだろう。

もう一度、シロは後ろを振り返る。少し息が上がっているけれど、遅れずにちゃんとショータは歩いている。だいじょうぶだよというように笑ってみせるショータに、思い立って聞いてみる。

「ねえショータ、そういえば……、聖霊の王に、何か怖いことをいわれたの？　それでショータ倒れちゃったの？」

え、とショータは目を丸くする。それから、何を聞かれたのかわかって、首を振って答える。

「怖いことじゃないな、ノルンが……、聖霊の王がいってたのは」

シロはちらちらと振り返って、次の言葉を待つ。ショータは、ひとことでいえば、と前置きして、いう。

「聖霊の王は、ぼくがそれほど間違ってなかった、っていったんだ」

「……間違うって、何を？」

そうだな、何だろう。ショータは考える。

データ世界から出てきたこと。ノルンに会いに来たこと。居心地の悪い世界。耳くそみたいな体験《コンテンツ》。

歩いたこと。たくさん歩いたこと。逃げたこと。戦ったこと。

考えたこと。いったこと。いわなかったこと。

たぶんそれは、つまり。

「ぼくが生きていること、かな」

はあ、とシロはあきれたような声を上げる。

「そんなの、当たり前じゃない。間違って生きているものなんて、ないよ」

やり方を間違ったせいで死んじゃうことはあるけど。シロは肩をすくめる。

「わざわざ遠くまで、危ない目にあってやってきて、そんなつまらないこと話してたの？」

聖霊って、やっぱり変だね。シロがいって、ショータは小さく笑う。

「聖霊も人間も、生き物は皆ちょっとずつ変なんだよ。生きているってことが、本当はすごく変なことだから」

そうなのかな。シロにはよくわからない。

だと思うよ。ショータは続ける。

「生きるのは変で、大変なことなんだ。でも、そんなこと全然気にしなくていいんだけど」

ふうんとシロはつぶやいて、サエのことを思う。いっしょに大きくなって、いっしょにクランを出て、いっしょに生きていこうと決めた、シロのおねえちゃん。サエもそうやって、どうして生きているんだろうとか、よく考えていた。そんなこと気にしなくても、獲物を捕まえたり、寝る場所を見つけたり、サエは生きるのがとても上手なのに。

たぶん、気にしなくていいことが気になってしまう人が、時々いるんだろう。シロは思う。だから戻って、サエにいってあげよう。間違ってないよ、って。もつれ手の聖霊の王も、そういってたって。

シロはサエに早く会いたくなって、力強く雪を踏みしめた。

朝からずっと降っていた雪が止んで、晴れ間がのぞいた。二人は少し休憩する。このペースだと今日のうちに、行きに荷物を落とした谷を渡れるかもしれない。行こう。シロは歩き出す。

うん。ショータは鉄パイプを地面について立ち上がる。雲のない空を仰いで、シロの後を追って少し歩いて、倒れた。

すぐにシロは気づいた。振り返って、ショータが起きてこないのを見て、小走りに戻る。

「ショータ……？」

抱え起こす。青白い顔をしたショータが、まともに息ができていないのだとわかった。うそだ、どうしよう。しばらくシロは固まってしまう。ごほり。嫌な咳をして、ショータはどうにか体を起こす。

ごめん、何ともない。そんなことをいおうとして、声にならない。ごほりごほり。時間をかけて、杖にすがって、立ち上がる。

行けそう？　とシロは聞けない。とてもそんな状態じゃないのは、ひと目でわかった。

二歩、三歩とショータは歩いて、しばらく杖に寄りかかって休む。静かに細く息を吸って、吐く。少しでも息が早くなると、咳が出て動けなくなってしまう。このまま進むのは、とても無理だった。

どこかで休ませないと。シロは考える。けど、どこで？

少しして、思い出した。行きに一晩を過ごした、石の建物。

ここからだと、塔へ戻るルートからは外れるけれど、距離的にはそう遠くないはずだ。

「……よし」

シロは心を決める。休んでいるショータの腕の下に頭をくぐらせて、肩を貸して体を支える。

「ゆっくりでいいから、行くよ」

弱々しくうなだれている横顔に、静かに、だけど有無をいわせない調子でささやく。片腕を腰に回して、ショータの体を持ち上げるみたいに力を入れて、歩き出した。

ぜひぜひ。ごほり、ごほり。

つらそうに息を継ぐショータにあわせて、少し進んで、休んで。辛抱強く。

時々、何かいいたげなショータと目が合う。けれど、シロは聞かない。だいじょうぶ、もう少し。励まして、一歩ずつ。もういいや、はなし。とりあえず今は、まだ。

暖かくして、ゆっくり休めば、きっとまた歩き出せる。

ショータの、だんだん力の入らなくなる体を支えて、だましだまし。そうして、冬の短い日が陰る頃に、シロは建物を見つける。最後は、気を失ったショータを引きずるようにして、屋根の下に転がり込んだ。

マントを広げてショータを横にする。枯葉や小枝を集めて火をおこす。苦しくないよう、ショータの服の紐を緩めて、自分もマントを脱いで一緒に包まる。浅い息をしている細い体にそっと腕を回して体をくっつける。

ごほりごほり。

ショータが弱々しく咳をする。とにかく体を温めようと、手に触れたところをさする。

寒い時期に、食べものが足りていないと、こうして咳が出て弱ってしまうことがある。特に子供がそうなるのを、シロは見たことがあった。ショータもきっとそれだ。とにかく暖かくして、休ませて、食べさせる。それしかなかった。

ひうひうと苦しそうに息をするショータの服をはいで、シロは胸に耳を当ててみる。か細い、震えるような空気の音を聞いていると、涙が出た。

「ショータ……」

そうやって目を閉じているうちに、やがてシロも眠りに落ちた。

揺らめく、微かな明かりに照らされた天井。

夢のない眠りから覚めて、目に入ったのはそれだった。ショータはしばらく記憶をたぐって、自分がどこにいるのか考える。石でできた壁を見て、思い出す。ずっと昔に人々が、神にアクセスしようと考えて作った建物。その遺構。

ショータは包まれていて暖かい。体がぬくもっていると、呼吸も楽なようだった。試すように少しだけ深く息を吸ってみる。このところずっとあった胸の違和感は、増してもいないけれど、なくなってもいない。静かに息を吐く。

眠るシロの温かく柔らかな体がぴったりと寄り添っていた。その温もりが今、自分を生かしているのだと感じる。力の抜けたショータを、シロが抱くようにして運んできてくれたことを思い出す。そっと腕を回してシロの髪を、背中を撫でる。

ふと、自分の胸の、シロの頬が触れている辺りが冷たいことに気がつく。反対側の手でそこを探る。濡れている。シロの涙。

「……ん？」

身じろぎして、シロがうっすらと目をあける。しばらくぼおっとして、それから、ショータが目を覚まして、落ち着いていることに思い当たって、ぱっと目を見開く。

「ショータ……！」

うん。シロの笑顔に、ショータはうなずきを返す。

「よかった……、あのまま死んじゃったらどうしようかと思った」

「うん……、まだ、だいじょうぶみたい」

シロの笑顔が、ちらりと曇る。まだ？

ショータは自分の胸に手をあてて、少しずつ息を吸う。すっかり馴染みになった痛みと、違和感。息を吐いて、咳き込む。まるで自分がつらいみたいに、シロが顔をしかめる。ショータは口を開く。

「ハイイロヤドリ、だよね」

胞子を吸い込むと、肺の中で菌糸を伸ばすきのこ。菌叢のほとりの、致死的な風土病。

ああ、とシロがうめく。泣きそうな顔になって、それからぷんぷんと首を振る。まだそうと決まったわけじゃない。

ショータはシロの顔をじっと見て、微笑む。力のない笑みになっているとは思うけれど、心の底から、自然にわきでた表情だった。シロの涙が、触れている温かさが、いとおしかった。目の前の少女をとおして、世界がやっと意味のあるものを見せてくれたような、そんな気がした。

調整のきかない生体脳が、脳内物質を感受しているだけなのはわかっていた。けれどもその感覚を、ショータは全力で愛する。

ばさり。

シロは、マントごとショータに覆いかぶさる。

「わ」

下になったショータの、血色の悪い顔を両手ではさむ。そのままじっと黙って、やがて強い口調でいう。

「ハイイロヤドリにやられても、助かった人だっている」

「……うん」

気迫におされて、ショータは思わずそう返事をする。気休めにもならないことは、よくわかっていた。

菌叢のほとりには、菌に対する抵抗力の高い人間が少なからずいるのだろう。だけどショータの培養された生体は、充分な抗体を持てなかった。そのせいで、症状は悪く、進行も早い。

助からない自分にかまけて、シロが時間を無駄にするのは避けたかった。シロひとりなら、塔に戻れる。

「シロ、朝になったら……」

一言ずつかみしめるように、そう口にする。

だめだというように、シロは小さく何度も首を振る。

「塔を目指してほしい、ぼくは……」

続けていいかけたショータの口に、シロは唇を押しつける。もういいやは、いわせたくなかった。

ショータは黙る。しばらくそのままでいる。

唇が離れる。おでこが付きそうなほどの近さで、二人はお互いの目をのぞき込んでいる。

「……」

シロの目には哀しみがある。けれどもう、泣いていない。

すうと息を吸って、シロがささやく。

「菌叢で、ショータを拾った時ね……」

「うん」

「サエは、本当は反対してた。面倒ごとを抱えることになるからって」

普通はそうするんだよ。シロは含み笑いする。

「……じゃあ、シロがぼくを拾ったのは、間違いだった?」

ゆるゆるとシロは首を振る。髪が、ショータの顔を撫でる。

「んーん。さっきもいったけど、間違いなんて、たぶん、ないんだよ。だから、これ以外ないっていうか、これでよかったんだと思う」

ショータは、サエとシロの結び目になった。それでよかったのだとシロが考えていることが、すんなりと伝わってきた。ショータも、自分を形作る結び目に、菌叢で出会った二人の少女が付け加えられていることをよろこびに感じる。世界を編むショータの糸は、もうすぐ尽きる。編み目の最後の一本がシロで本当によかった。素直にそう思えた。

シロは、ショータの頬に顔を寄せる。ショータの存在そのものを自らの表面で感じとろうとするように、愛おしげに頬ずりする。

シロはショータに触れてゆく。服をまくり上げて、苦しげな呼吸に震えるショータの胸を、そっと撫でる。頬で触れて、唇で感触を確かめる。そうされながらショータも、シロを感じとる。

裸の胸にシロの吐息がかかる。

「ふあ」

くすぐったいような、柔らかな刺戟に、ショータの生理機能が反応する。そうして体の一部に起こった変化に、シロが気づいた。

「……あ」

その部分が、シロのはだけたお腹に当たっていた。そっと手を下ろして触ってみる。

「聖霊は、違うのかもだけど……」

柔らかくそれを握られて、ぴくんとショータの体が小さく弾む。

「人間は、これをすると子供ができちゃうんだよ」

どことなく、いたずらっぽい感じで、シロがいった。

単なる刺激への生理反応で、たぶん死に瀕しての欲動。そんなのに何の意味があるんだろう。いつものように、そんな思いが兆しかける。けれど、それはショータのいいたいことじゃない。

何かいう代わりに、ショータはシロに手を伸ばす。背中に腕を回して、ほっそりした、けれどしなやかな体を抱きとめる。

「……うん」

シロは微笑む。それからショータを受け入れる。

10

朝のまだ明け切らない時間に、シロは起き出した。寝床を抜けて、手早く身支度する。ショータの寝息を確認して、そっと頭を撫でると、建物を出て行く。

少しして、ショータは目を開ける。雪の上を遠ざかる足音に耳を澄ます。何も聞こえなくなるまでそうして、満足げな笑みを浮かべる。シロが無事に塔に着けるように願った。

それからショータは体を起こす。今日一日を生きるために。

静かに呼吸すれば、まだ動ける。腕も足も頭も、まだ動かせる。

建物を見回して、なるべく石がきれいに揃った壁を選ぶ。寝床を這い出して、焚き火の跡から燃えさしを集めて、壁の前に立つ。木炭を握りつぶして、指にまぶす。伸び上がって壁に指をなすって、まっすぐに引き下ろす。

　それだけの動きで、軽く息が上がった。象牙色の壁に引かれた墨色の線を見上げながら、ショータは息がおさまるのを待つ。燃えさしを握って、さらにもう一本。別の線を一本。あるところでは炭を重ねて濃く。別のところでは手のひらでこすって薄く。そうやって、ショータは描く。

　両の手で、指で。

　炭を握りしめた手は、壁をこする指先の感覚は、自分のものだった。伸ばした腕を、震えて萎えそうな脚を、ショータの魂は正しく感得している。ショータはどうしようもなく自分だった。

　上から始めたのは、そのうちに立ち上がることが難しくなると思ったからだ。やがてショータは膝をついて、座って、指を壁に走らせる。何度も咳の発作で中断しながら、一本、また一本と線を加える。

　線は、糸だった。ショータをショータにした情報の、出会いの、体験の糸。縦横に線の織りなすこれは、だから、結び目だった。ショータは自分を描いていた。指定《オーダー》するだけで何でも自在に形作れる情報材《マテリアル》に比べると、炭と石の壁はいかにももどかしかった。萎えた腕を、不器用な指をただひたすらに、ショータは動かし続けた。

　そうしていて、ショータは目の前の線が見分けられなくなっていることに気がつく。建物の隙間からもれる外の明かりが、突然遮られたように思って、違う。

視界がブラックアウトしていた。

息を吸って、吐く。今や異物のようになってしまった自分の胸にその動きをどうにかさせてみる。そして悟った。もうショータの肺は、少しも空気を取り込めなくなっていた。

ああ。

時間切れだとショータは思う。

手を動かそうと命令を出してみても、応答がない。ぽとりとそれは、死んだ生き物のように床に落ちる。

次にひこうと考えていた線は、もうどこに描かれることもない。それは永遠に失われる。

絵は途中だ。

ずっと途中のままだ。

けれども、それでいいんだ。

自分が最後に作ろうとした体験《コンテンツ》。

完成のない絵。

ことり。ショータは横ざまに倒れる。

いよいよ終わる。もう自分の意思で目を閉じることもできない。

自分はここで死ぬ。ショータは思う。墓にはこう刻まれるだろう。

ビット列として、生体として半端に生き、何もかもが中途で、語るべき物語もなく、ここでありきたりに死ぬ。

正しいなと思う。

正しく自分はそれをできている。

最後に、できない深呼吸をひとつして。

二度と浮上しない深みに。

潜った。

11

シロは賭けに勝った。もしかしたらと考えて訪れた谷で、雪の下から無事に荷物を探し出した。二つの荷物を回収して、石の建物に引き返した。保存食がそれだけあれば、ショータと二人で、ひと冬ずっとは無理にしてもそれなりに生きられる。

けれども戻った建物で、シロはショータが動かなくなっているのを見つけた。

うずくまるみたいに倒れたショータの体は、とても小さかった。壁を見上げるように開かれたままの目を、シロは閉じてやった。

まもなく天候が荒れ出して、シロは一人、この場所で冬に閉ざされた。燃料も食糧も、準備は充分でなかったけれど、保存食を切り詰めて、シロはいちばん厳しい時期を乗り切った。

吹雪の夜には、シロは焚き火の明かりでショータの遺した壁の絵と向き合って過ごした。その絵はいろんなふうに見えた。どう見えるのか、サエと話がしたいと思った。

まだ冬が明けるにはしばらくかかりそうな時期、何日か天候が安定したある日、サエがやってきた。保存食はわずかに残っていたけれど、シロは体調が悪くてしばらく食べていなかった。お腹以外はすっかり痩せて弱ったシロを、サエはしっかりと抱きしめた。

サエの胸はとっくに元通りで、元気だった。もと奴隷の女から越冬地のことを聞いて、冬の間ずっとシロとショータを探しにいきたいと考えていたのだといった。

サエが世話をして、シロもそのうちに食べられるようになって、体力を取り戻した。ショータの絵をサエは見て、そこに自分が描かれているような気がするといった。

サエの感想は、シロをよろこばせた。わたしもずっと、この絵の中に自分がいるように感じてたの。シロはそういって、笑った。

本書は、書き下ろし作品です。

世界の涯ての夏

つかいまこと

〈第三回ハヤカワＳＦコンテスト佳作受賞作〉
この星を浸食する異次元存在〈涯て〉が出現した近未来。離島に暮らす少年は少女ミウと出会い、思い出を増やしていく。一方、自分に価値を見いだせない３Ｄデザイナーのノイは、出自不明の３Ｄモデルを発見する。その来歴は〈涯て〉と地球の時間に深く関係していた。

ハヤカワ文庫

みずは無《む》間《げん》

六冬和生

無人宇宙探査機の人工知能には、科学者・雨野透の人格が転写されていた。夢とも記憶ともつかぬ透の意識に繰り返し現れるのは、地球に残した恋人みずはの姿。法事で帰省する透を責めるみずは、就活の失敗を言い訳するみずは、リバウンドを繰り返すみずは……。無益で切実な回想とともに銀河をさまよう透が、みずはから逃れるため取った選択とは？第一回ハヤカワＳＦコンテスト大賞受賞作。

ハヤカワ文庫

著者略歴　1969年大阪府生，『世界の涯ての夏』で第3回ハヤカワＳＦコンテスト佳作を受賞し，デビュー

HM=Hayakawa Mystery
SF=Science Fiction
JA=Japanese Author
NV=Novel
NF=Nonfiction
FT=Fantasy

棄種《きしゆ》たちの冬《ふゆ》

〈JA1261〉

二〇一七年一月二十日　印刷
二〇一七年一月二十五日　発行
（定価はカバーに表示してあります）

著者　つかいまこと
発行者　早川浩
印刷者　入澤誠一郎
発行所　株式会社　早川書房
郵便番号　一〇一 - 〇〇四六
東京都千代田区神田多町二ノ二
電話　〇三 - 三二五二 - 三一一一（大代表）
振替　〇〇一六〇 - 三 - 四七七九九
http://www.hayakawa-online.co.jp
乱丁・落丁本は小社制作部宛お送り下さい。
送料小社負担にてお取りかえいたします。

印刷・星野精版印刷株式会社　製本・株式会社明光社

ISBN978-4-15-031261-9 C0193

本書は活字が大きく読みやすい〈トールサイズ〉です。